JN052215

©芥見下々／集英社

劇場版

呪術廻戦《じゅじゅつかいせん》 0

ノベライズ

原作：芥見下々
小説：北國ばらっど
脚本：瀬古浩司

JUMP j BOOKS

登場人物紹介

呪術高専《じゅじゅつこうせん》一年

乙《おっ》骨《こつ》憂《ゆう》太《た》

幼少の頃、結婚の約束を交わした幼なじみ・里香を交通事故により失い、「呪い」と化した彼女に取り憑かれてしまう。

特級過呪怨霊《かじゅおんりょう》

祈《おり》本《もと》里《り》香《か》

生前の姿

死後の姿

「呪い」となって憂太に取り憑き、憂太を周囲から孤立させてしまう。憂太のことが大好き。

特級呪術師

五《ご》条《じょう》悟《さとる》

東京都立呪術高等専《とうきょうとりつじゅじゅつこうとうせん》門学校《もんがっこう》の教師。軽薄でマイペース。常日頃から周囲を振り回すが、自他ともに認める最強呪術師。

呪術高専一年

禪《ぜん》院《いん》真《ま》希《き》

呪具《じゅぐ》使い。エリート呪術師の家系に生まれるも呪力を持っていない。

呪術高専一年

狗《いぬ》巻《まき》棘《とげ》

己の言葉が武器となる呪言師《じゅごんし》の末裔。おにぎりの具でのみ会話する。

呪術高専一年

パンダ

見た目はただのパンダだが、その正体は人語を話す突然変異呪骸《じゅがい》。

特級呪詛師

夏《げ》油《とう》傑《すぐる》

百を超える一般人を呪殺し、呪術高専を追放された最悪の呪詛師。

目次

この作品はフィクションです。実在の人物・団体・事件などにはいっさい関係ありません。

プロローグ

雲の向こうで、雷《いかずち》が産声《うぶごえ》を上げていた。

よどんだ、鉛色の空の下。アスファルトに固められた大地へと、いくつもの雫《しずく》が落ちてははじけていく。雨粒が砕ける時の悲鳴のような音が、街の声を隠していく。

太陽のいない、陰鬱な日。

ロクでもないことが起こるのは、たいてい、そんな日のことだ。

薄暗い廊下の奥の、教室の片隅。

乙骨憂太《おっこつゆうた》は、そこにいた。

憂太のほかには四人の生徒がいた。放課後の教室に生徒が残って集まっている。ありふれた学生生活の光景には見えるが、とても和やかな雰囲気とは言えなかった。

壁際に追いやられた憂太を囲む生徒たちは、歪《ゆが》んだニヤケ顔を浮かべたり、その様子をスマホで撮影したりしている。

「久しぶりじゃないか、乙骨」

大柄な男子生徒が一人、憂太へ向けて歩み出た。

彼の様子は明らかに異様だった。鼻をひくつかせながらの呼吸は荒く、頬《ほお》はほのかに染まっている。興奮状態と言えた。

学生の日々は爽やかだと信じたがるのは、過去に戻れない大人くらいだ。彼らは思い出の美化に躊躇《ちゅうちょ》がない。けれど学校という場所はたいてい風通しが悪く、濁った空気が吹き溜《だ》まる。

そういった空気に染まり続ければ、子供は歪んで育っていく。

彼もまた、そういう人間だった。歪んだ快感のはけ口を、虐《いじ》めと暴力に求めていた。

そして、その矛先は、今、ハッキリと憂太に向けられていた。彼にとって、憂太のいかにもオドオドした態度は、どんな美しい異性よりも〝そそる〟物だったかもしれない。

雫の張り付く窓を背に、憂太は雨音にも消えそうな声を、なんとか絞り出した。

「こっちに来ないで……」

「おいおい、寂しいこと言うなよ……」


――駄目だってば。


心の中で訴えながら、憂太は自分の右腕《みぎうで》を、左手でぎゅっと握り締める。

不幸なことに、その仕草は男子生徒の欲求を刺激した。飢えた肉食の獣の前で、小さな兎《うさぎ》が震えるような、そういう刺激を与えてしまった。

「俺がどれだけオマエを殴りたかったか……」

彼の興奮は、もう止まらなかった。彼はまるで、恋焦がれる相手に訴えるように、憂太へと熱い言葉をかけた。明らかに、彼は興奮していた。

「もっと、俺の気持ちを想像してくれ！」

「……」


——やめて。


憂太の訴えは、胸の中へ向けて響いていた。

声には出ない。ただ、唇《くちびる》を一文字に結んで、何かを抑え込むように震えていた。その仕草が……憂太をなぶりたい彼には、たまらなかった。

「こんなに焦《じ》らされたら、うっかり……殺しちゃうぞ？」

彼が首元を緩め、ネクタイを解く。

それがいよいよ始まりの合図であることを、男子生徒の仲間たちは分かっていた。彼らはニヤついたり、撮影を続けたり、あるいは興味なさそうにスマホを弄《いじ》ったりと、反応は様々だったが……他人の苦痛について無感動なのは一致していた。

そして、いよいよ興奮を強めた彼が憂太の方へと歩み寄った。

その時だった。

「——来ちゃ駄目だ、里香《りか》ちゃん！」

ついに喉《のど》から漏れた憂太の声は、しかし、その事態を止めるには至らなかった。

「リカ？」

間の抜けた声を上げた次の瞬間、異形の手が男子生徒を包み込んだ。

記録——２０１６年11月、東京《とうきょう》。
同級生による執拗《しつよう》な嫌がらせが誘因となり、首謀者含む四名の男子生徒が重傷を負う。

雨はいっそう、激しさを増していた。
怒り狂う空から隠れるように、校舎の中、憂太は膝《ひざ》を抱え、震え続けていた。

「……ごめんなさい、ごめんなさい、ごめんなさい……」

誰へも届かない謝罪を、呟《つぶや》き続けている。

憂太を囲んでいた男子たちの姿は、もうそこには無かった。

教室の隅に備えられた、掃除用具用ロッカーの隙間から、液体が滲《にじ》み、床へと滴っていた。それは窓の外に降りしきる雨とは違って、鮮やかな赤に染まっている。

血だ。

溢《あふ》れ出した大量の血液は、やがて広い血だまりを作って、憂太の足元を汚していく。まるで、自分を責める意思がまとわりついて来るように感じて、憂太はただひたすらに、謝罪の言葉を唱え続けた。

もう、誰の耳にも届いていないと知りながら。

「ごめんなさい、ごめんなさい、ごめんなさい……」

キィ、と金属の擦《こす》れる音がした。ロッカーの扉が開く音だった。

本来であれば、箒《ほうき》やモップが……時には〝悪ふざけ〟の餌食になった気弱な生徒が入れられるその場所は、今や隙間なく、満杯になっていた。

小さく開いたロッカーの扉からは、血と肉の塊が覗《のぞ》いていた。それはロッカーに詰まるように〝折りたたまれた〟、四人の生徒たちだった。

うずくまっても、目を背けても、現実は変わらずそこにある。

２０１６年の、11月。

乙骨憂太の青春は、どうしようもなく呪われていた。


「完全秘匿での死刑執行――？」

都内、某所。

六枚の障子が六角形に取り囲む、奇妙な造りの部屋。

その中央に、一人の男の姿があった。彼もまた、白い髪《かみ》に包帯で両目を覆うという、部屋の造りに負けぬほど奇妙な出《い》で立《た》ちの男だった。彼は障子の向こうへ、包帯越しに射抜くような視線をもって、語り掛けていた。

「――あり得ないでしょ」

心底、否定の意思の籠もった声音《こわね》だった。

障子の向こうには、それぞれ人影があり、男はそれらと会話を行っていた。

その位置取りが示す通り、目隠しの男が、障子の向こうにいる六人の意見に対立しているような……そういう話の流れになっていた。

「しかし、本人が了承した」

淡々とした答えが、障子の向こうから返って来た。その物言いはどこか、自分たちの導きたい結果を他人の責任として押し付けるような、消極的で狡《ずる》い響きがあった。

男はなおも、反論した。

「未成年……十六歳の子供ですよ。逆に、何人呪い殺されるか分かりません。現に2級術師が三人、1級術師が一人返り討ちに遭ってるんです。だから僕にお鉢を回した……それをお忘れですか？」

障子の向こうに居る連中は、保守的な思考の持ち主ばかりだ。

そういう手合いに反論するためには、できるだけ具体的な根拠を示してやることが大事だと、男は知っていた。その効果は十分あったようで、障子の向こうからは、しばし思案するような空気が伝わり……やがて一人が、促すようなセリフを漏らした。

「では、やはり……」

消えていく語尾の先を続けるように、男は宣言した。

「ええ——乙骨憂太は、呪術高専《じゅじゅつこうせん》で預かります」

東京都立呪術高等専門学校《じゅじゅつこうとうせんもんがっこう》、一年担任教師。

それがその男、五条悟《ごじょうさとる》の肩書《かたがき》だ。

無数の護符に覆われた部屋に、乙骨憂太は居た。

部屋の中央には椅子《いす》が一つ置かれていて、憂太はそこに座って膝を抱え、暗闇の中を覗き続けていた。


憂太には、呪術だの、祈禱《きとう》だの、そういうことの詳しい理屈は分からない。

けれど、まるで千切り絵のように、ところ狭しと貼り付けられたお札には、おそらくなんらかの霊的な作用があって、自分を……いや、〝里香ちゃん〟を封じ込めるために処置されていることは、ぼんやりと理解できていた。

自分を挟むように、床から高い天井までを繫《つな》ぐ太い縄も、おそらくはそのためだ。

神社の注連縄《しめなわ》に似ている気もしたが、それよりもずっと太くて、おどろおどろしい見た目をしていた。その部屋全体が、きっと憂太と〝里香ちゃん〟を封じ込めるための、巨大な入れ物として作られていた。

しかし、その中にあってさえ、憂太の気は休まらなかった。

自分に取り憑《つ》いた強大なものが、どれほど危険な存在であるか、憂太は嫌というほど分かっていた。

どんな堅牢《けんろう》な造りであっても、この状況が憂太を害することだと認識すれば、里香は部屋の壁を叩《たた》き壊し、外の人間を害するために飛び出していくかもしれない。その瞬間がいつ来てもおかしくないと、憂太は感じていた。

だから憂太は、自ら〝死刑〟という処置を受け入れた。

自分と里香を封じ込めることが叶《かな》わないなら、後はもう、自分がこの世界から消えてしまうしかない。

誰かを傷つけるのは……里香が誰かを傷つけるのは、もうたくさんだ。

そういう、鬱屈とした自罰的な感情を纏《まと》って、憂太は抱えた膝の中、影の向こうにある深い深い闇を覗き続けていた。長いこと、長いこと、気が遠くなって——やがて死ぬことができるまで、そうしているつもりだった。

そんな憂太のもとへと、不意に訪問者が現れた。

それが五条悟だった。

五条の足取りはゆっくりとしていて、緊張はなかった。なんの危険もない、慣れた散歩道を歩くような調子のまま、憂太のすぐ傍《そば》までやってくると、何やら右手を顔の前に掲げて見せた。

その右手には、ぐにゃぐにゃと捻《ね》じれた妙な金属が握られていた。まるで子供の作った粘土細工のようで、銀色の先端が紐《ひも》のようにギュッと結ばれている。だから一見すると軟らかな物に見えてしまうが、それはれっきとしたステンレスの塊だった。

それがしっかりと見えるように掲げながら、五条は尋ねた。

「これは何かな？　乙骨憂太くん」

「……ナイフ……だったものです」

憂太はその物体に、見覚えがあった。それは自分が使おうとして、しくじった物の成れの果てだった。

「……死のうとしました。でも、里香ちゃんに邪魔されました」

「暗いね」

五条のリアクションは、実にあっけらかんとしていた。苦悩の象徴のような形の、そのナイフだったものを、五条は雑に床へ放る。からん、と軽い音がした。

「今日から新しい学校だよ？」

「……行きません……もう誰も傷つけたくありません。だからもう、外には出ません」

その決意は決して、嘘《うそ》ではないのだろう。

乙骨憂太という少年が、善良な倫理感の持ち主で、だから自分の身の周りに起こったことの責任を、若い命で精いっぱい受け止めようとしている。そういうことくらいは、五条も分かっていた。

しかし――、

「でも、一人は寂しいよ？」

そんなに簡単に割り切れるものでないことだって、五条は分かっていた。

憂太がどんな存在に憑かれていようと、十六歳の少年だ。恐怖だって、未練だって、あって当たり前だ。理屈だけで生き死にを決めて良いはずがない。

まだ、多くを学ぶべき歳《とし》。

強大な呪いだろうと、大人の世界の合理だろうと、何人《なんぴと》たりとも――青春の謳歌《おうか》を否定する理由にはならないはずだ。

だから五条は、教師として言葉を続けた。

「君にかかった呪いは、使い方次第で人を助けることもできる」

確かに、起こした結果を見るなら、乙骨憂太という少年は危険だ。

だが、それは彼が何も知らないからだ。

呪いという存在を、呪術という方法を、呪いに満ちた世界の生き方を――そして、それを学ぶために、呪術高専《じゅじゅつこうせん》という場所があることを。

そして五条悟は、その場所の教師として憂太を導きに来た。

大人がかけるべき言葉を、子供にかけるためにだ。

「力の使い方を学びなさい。全てを投げ出すのは、それからでも遅くはないだろう」

「……」

憂太は俯《うつむ》いたまま、五条の言葉を聞いていた。

「聞いたか？　今日くる転校生――」

呪術高専《じゆじゆつこうせん》の敷地内は、緑が多い。

施設の外観は、学校というよりほぼ寺社仏閣で、木々の密度が相まってなおさら、学び舎《まなびや》というより仏僧の修行地のようだ。

木々の枝葉から零《こぼ》れる朝日の中、寮から校舎への道をゆく、三つの人影があった。

いや、人影と数えるには少し語弊があって、うち一つは明らかにパンダだった。二足歩行のパンダが、人間よりも身振り手振り豊かに、他の二人へと話を振っていた。

「――同級生《クラスメイト》四人をロッカーに詰めたんだと」

「殺したの？」

そう聞き返したのは、眼鏡《めがね》をかけたポニーテールの女生徒、禪院真希《ぜんいんまき》。

「ツナマヨ」

おにぎりの具を唱えたのは、ネックウォーマーで口元まで覆った男子生徒、狗巻棘《いぬまきとげ》だ。

そして、パンダはパンダだ。ただのパンダじゃあないが、名前はパンダ。

パンダが喋《しやべ》るのも、おにぎり会話も、彼らの間では日常だった。

「いや、重傷らしい」

「ふぅん……ま、生意気ならシメるまでよ」

「おかか」

相変わらず、紡ぐ言葉はおにぎりの具だが、棘としては真希を諫《いさ》める意思を示していた。

短くない付き合いで、真希も棘が言いたいことは分かっていたし、彼が優しい奴《やつ》であることも知っている。

とはいえ、転校生が呪術を振りかざし、いきがって力を行使するようなヤンチャ坊主なら実力で黙らせるしかないことは、パンダも同じ理解をしていた。

校舎へ入ると、内装もやはり寺社的な和風建築で、しかし教室は一目見て「ああ、学校だ」と分かるデザインにはなっている。

黒板の掲げられた教室は、三十人前後の生徒が席を並べられる程度には広いが、置いてある机は三つだけ。そんな寂しげな教室の中、三人は席についてホームルームを待った。

やがて、妙に慌ただしい足音が聞こえてきて「ああ、これは五条《ごじょう》の悪ふざけが始まるな」と、既にそれぞれ察していた。

案の定、五条は無駄に勢いよくやってきた。

「転校生を紹介しやす!!」

そして入室した瞬間、アホ丸出しになった。

両手をシュバババッ、と動かし、カンフー映画のような無駄にキレッキレの動きを披露したのち、ビシッ、と目隠し越しにダブル横ピースする五条。

「テンション上げてぇ！　みんなぁ——！」

その担任渾身《こんしん》のハイテンション重大発表に、教え子たちはまったく、さっぱり、これっぽっちもノってはくれなかった。

「上げてよ……」

五条はとっても寂しかった。が、真希はそんなことお構いなしである。

「随分尖《とが》った奴らしいじゃん。そんな奴のために空気作りなんて、ごめんだね」

「しゃけ」

「……フー……ま、いっか」

真希に続いて棘まで頷《うなず》くのを見て、五条は説明とか言い訳は放棄した。転校生がどういう存在であるか伝わっているのなら、仕方ないと言えば仕方ない。

何はともあれ、生徒同士が顔を合わせなければ始まらない。若人《わこうど》とは、ぶつかりながらアレコレ友情とか愛情とか育んで行くものだ。そういうわけで、

「入っといでー！」

五条が声をかけた扉の向こうには、既に憂太《ゆうた》が待機していた。ものすごく冷めた空気を感じていた憂太は少々躊躇《ちゆうちよ》するが、入っといでと言われたのだから、扉を開けるしかない。

一方、教室の中の真希は、冷めた態度を貫いていた。目など合わせてやるつもりも無かったし、ハッキリ言って「シカトこいてやろ」とすら考えていた。
しかし——そういうわけにもいかなかった。

『あ？』


扉が開いた瞬間、強烈な〝死〟のイメージが溢《あふ》れ出した。

教室へ入ってきたのは、気弱そうな少年。

しかしその背後に背負った存在が、問題だった。その姿を見た瞬間、生徒たちには脊髄《せきずい》に錆釘《さびくぎ》を打ち込まれたような、鋭敏な危機感が働いた。

思考する前に、真希は己の武器たる大刀の包みを開き、棘はネックウォーマーに手をかけ、パンダは毛を逆立てながらグローブを嵌《は》めた。

呪術高専の生徒たちが、間違えるはずもない。それは確固たる害意の塊であり、世界を蝕《むしば》む負の具現化。日々、彼らが戦い続ける存在。

紛れもなく、強大な〝呪い〟がそこに居た。

それは教室の入り口から悠々と入り込み、刺すような威圧感を振りまきながら、やがて教壇へと上った。

「乙骨《おっこつ》憂太です。よろしくお願いしま――ッ」

その〝呪い〟を背負った転校生、憂太が短い挨拶を終える前に、真希の大刀が憂太の頰《ほお》をかすめそうな角度から、黒板に突き刺さった。

「……これ、なんかの試験？」

「……」

真希が問う。憂太は何も答えられなかった。棘も、パンダも、既に臨戦態勢だった。教室に入って数秒。まったく歓迎されていないことは、憂太にも分かっていた。

返事を返さない憂太に、真希はただ淡々と事実を指摘した。

「おい、オマエ呪われてるぞ。ここは呪いを学ぶ場だ。呪われてる奴が来る所じゃねーよ」

「え？」

憂太には、何がなんだか分からなかった。

何せ、憂太をここへ連れてきた張本人……五条がそもそも、何も説明していなかったのである。呪いだとか、力の使い方だとか、断片的な情報は与えられていたが、そもそも具体的に「どこに連れて来られたのか」は聞いていなかった。

「……？」

戸惑いながら、顔の横に突き刺さったままの大刀越しに憂太が見つめると、五条はようやく説明めいたことを話し始めた。

「日本国内での怪死者・行方不明者《ゆくえふめい》は、年平均一万人を超える。そのほとんどが、人の肉体から抜け出した負の感情、〝呪い〟の被害だ。……中には、呪詛師《じゅそし》による悪質な事案《もの》もある……。呪いに対抗できるのは、同じ呪いだけ。ここは、呪いを祓《はら》うために呪いを学ぶ、〝都立呪術高等専門学校〟だ」

「……」

事前に言ってよ！　と言いたげな憂太。そして、今教えたの⁉　と呆《あき》れる他の生徒たち。

生徒たちの視線はビシビシ突き刺さっていたが、五条は片手を上げてメンゴ!!　と軽い謝罪で済ますことにした。

それよりも、一応とはいえ憂太を威圧してしまった生徒たちに注意しなければならないことに気が付き、五条はそちらを告げることにした。少々遅かったが。

「あっ、早く離れた方がいいよ」

――なぜ？

という真希やパンダや棘の疑問が声になる前に、〝それ〟は行動を始めていた。

ずるり――、黒板から生えた巨大な手が、真希の大刀を摑《つか》んだ。

「「「！！！」」」

三人の生徒たちに再び悪寒が走った。それは間違いなく、先ほどまで感じていた気配。

しかしそれは今、より確固たる形をもって顕現しようとしていた。

怨嗟《えんさ》が、声となって響いた。

『ゆゔ、だを゛ぉ、ををぉぉぉをををををををを――――』

「待って！　里香《りか》ちゃん!!」

『――――い゛ぃじめるなぁっ！』

そして、憂太に取り憑《つ》いた、強大で狂暴なる〝呪い〟の形。

〝里香〟が、姿を現した。

特級被《ひ》呪者《じゅしゃ》　乙骨憂太。特級過呪怨霊《かじゅおんりょう》　祈本《おりもと》里香。

記録――6年前、宮城《みやぎ》県仙台《せんだい》市。

「憂太、誕生日おめでとう」

六年前。

その日、その瞬間は、間違いなく乙骨憂太にとって最良の時間だった。

里香にとっては憂太と共にあることが幸せで、憂太にとっても、里香と共にいることが自然で、当然のことだった。

根拠もなくぼんやりと、一年後も、十年後も、きっと里香とは一緒にいるのだろうと思っていたし、それを疑ってもいなかった。小学生男子の想像する未来図なんて、個人差はあれど、ふんわりとしたものだ。

けれど、女子というのはいつだって、男子に対して早熟で、里香は憂太よりも多少、具体的な未来を描いていたのだろう。

その証《あかし》が、憂太への誕生日プレゼントだ。

彼女が差し出したのは、子供の両掌《りょうてのひら》にもすっぽりと収まるほどの小さな箱。

公園の砂場、夢中で砂山の形を整えていた憂太は、里香の声に顔を上げると、その差し出された箱の存在に気が付いた。

「やったあ！　開けていい!?」

「いいよ」

「開けていい!?」

「いいってば」

それは、おもちゃやゲームの包みに比べれば、随分と小さな入れ物で、男の子にはあまりピンとこない作りの物だった。開けてみれば、滑らかなビロードのクッションに収められた、銀色のリング。憂太はそれをつまむと、日に透かすように掲げてみる。

「ゆびわ？」

「婚約指輪」

「こんにゃく？」

それは、亡き里香の母親がつけていた指輪だった。里香がこっそりと、祖母のタンスから持ち出してきて、プレゼントにしてしまった。

正直言って、幼い憂太にとっては、あまりピンとこない代物《しろもの》だった。

けれど、里香の手がぎゅっと小指を包んでくれれば、憂太も、胸が高鳴る何かを感じずにはいられなかった。

「約束だよ」

白く滑らかな里香の小指が、憂太の小指を絡めて、結ぶ。

古くから続く、約束を結ぶための形。それは流石《さすが》に、憂太にも分かる。

大人から見ても里香は、妖しいほどに美しい少女だった。そんな里香が、指を繋《つな》ぎながら、好意をハッキリと示して言うのだ。憂太にだって、伝わるものは大いにあった。

里香はめいっぱいの愛《いと》しさを、その声と微笑《ほほえ》みに込めて、宣言した。

「里香と憂太は……大人になったら、結婚するの」

そうか。里香ちゃんがそう言うなら、そうなんだろう。

憂太は、何も疑っていなかった。

子供の描く幸せな未来図なんて、本当にふんわりしたもので……十年後も、二十年後も、ずっとこの時間の延長線上にあると――漠然と、そんな風に信じ続けていたのだ。

だから――その直後の出来事が、理解できなかった。

アスファルトがタイヤを削る音も、車体がひしゃげる音も。

道路に長く尾を引いた、赤黒いペースト状の何かも。

「………」

騒々《そうぞう》しい街の気配も、集まってきた人々の会話も。

「おい！　救急車！」

「バカ、よく見ろ！　助かるわけねーだろ！　頭潰れてんだぞ！」

彼らが話している言葉も、何もかもが理解できなかった。あまりにも、先ほどまでの現実と連続しているとは思えなくて、悪い夢にでも迷い込んだようだった。

だって、約束したのだ。結婚するんだと。いつまでも、一緒にいるのだと。

だから、あるわけがない。

里香が車に轢《ひ》かれて、死んだなんてこと――。

「……」

信じられなかった。信じられなかった。だって、先ほどまでずっと、いつものように笑って、喋って、手を握っていた。今見ている景色の方が、頭の潰れた体の方が、何かの間違いなんだと思った。

だから、憂太は呼んでしまった。彼女の名前を、呼んでしまった。

そうしたら、もしかしたらいつものように、何事もなかったかのように元気に里香が起きて、憂太の名を呼んでくれるのではないかと思って――、

「……里香ちゃん？」

――そして、それは現実になってしまった。


『ゆぅぅぅうううぅぅゔうう、たぁぁぁぁぁあああぁぁぁぁぁぁああ』


「えっ」

里香は、憂太の呼びかけに応えた。

応えてみせた。

『ゆゔたぁぁぁぁあああああああぁぁぁぁああ』

ただし……それはもう、憂太の知っている里香ではなかった。

アスファルトに赤い帯を引き、磨《す》り潰された里香の血だまりから、異形の手が伸び、憂

太を掴んだ。

『大人になぁぁたぁぁらぁ、結、婚、する゙るるるる゙んんんん』

血肉と泥がまじりあって濁ったようなものが、盛り上がって唇《くちびる》の形を作り、憂太の名前を呼ぶ。醜くおぞましいその〝何か〟は、しかしどこか、甘えているように唇を尖らせる。

こんなものが、里香であるものか。

そう否定できれば、まだ楽だったのかもしれない。けれど憂太は、その甘い唇の仕草に、たしかに里香の面影を見た。

見てしまった。

——約束だよ。

遠のく正気の向こうで、声が聞こえた。

「ってな感じで……、彼のことがだーい好きな里香ちゃんに呪われてる、乙骨憂太くんでーす！　皆《みんな》、よろしくー！」

台無しだった。

とても笑って聞ける感じではない憂太と里香の〝なれそめ〟は、五条のテンションによって、転校生の赤裸々な紹介談になってしまった。

「憂太に攻撃すると、里香ちゃんの呪いが発動したりしなかったり……なんにせよ、みんな気をつけてねー！」

「はやく言えや」

口を尖らせて、真希が文句をたれた。

真希も、棘も、パンダも、皆軽く負傷していた。まあ、せいぜいが頬を引っかかれたり、頭にたんこぶを作る程度なのだが、全員〝里香〟にシメられたわけである。

内心「コイツら反抗期だから、僕がちゃちゃっと紹介するね」

「この先生が悪い気がする……」と思っている憂太だったが、五条はぜんぜん気にしなかった。この男が基本ノリで動いていることを、憂太も少し分かってきた。

それはそれとして、一応これから学友となるメンツの紹介は憂太には有難かった。

「呪具《じゆぐ》使い、禪院真希。呪いを祓える特別な武具を扱うよ！」

「……」

「呪言師《じゆごんし》、狗巻棘。おにぎりの具しか語彙《ごい》がないから会話頑張って！」

「こんぶ」

「パンダ！」

「パンダだ。よろしく頼む」

「とまぁ、こんな感じ」

一人につき五秒で、パンダは一秒で説明が終わってしまった。

「一番欲しい説明がなかった……」

パンダ。パンダ。パンダとはなんなのか。憂太は悩んだ。

呪術の世界におけるパンダとは、二足歩行で気さくに喋るものなのだろうか。もうなんにも分からない。分からないが、五条は教えてくれないし、待ってもくれない。

「さぁ、これで一年も四人になったね」

三人と一匹……と憂太は心の中で訂正したが、口出しはしない。五条の言葉を粛々と聞いている。

「午後の呪術実習は２―２のペアでやるよ。棘・パンダペア。真希・憂太ペア」

「げっ」

めちゃくちゃ嫌そうな声を上げる真希に、内心傷つく憂太。一方、パンダと棘は和やかに「がんばろう」なんてやりとりをしている。今の憂太には、正直羨ましかった。

そもそも、実習とはなんなのか。

連れて来られた初日から、歓迎はされないし分からないことだらけだったが、生徒たちは既に廊下を移動し始めていて、憂太も仕方なく倣った。

ハッキリ言って、人に好かれる経験の少ない憂太だ。

それを踏まえても、同級生らしき三人——もとい二人と一匹の中では、この真希という少女が最も刺々《とげとげ》しい態度を取っていた。名前が〝棘〟である棘より刺々しいのだから大変だ。

けれどペアを組むというのなら、挨拶くらいは必要だろう。中庭へ続く廊下を歩きながら、憂太は先を行く真希に声をかける。

「あの、よ、よろしくお願いします」

じろり、眼鏡越しに憂太を見やり、真希は言葉を返した。

「オマエ、イジメられてたろ？」

「っ！」

「図星か。分かるわぁ、私でもイジメる」

「呪いのせいか？　〝善人です〟ってセルフプロデュースが顔に出てるぞ、気持ち悪《わり》ィ」

「……」

「なんで守られてるくせに被害者ヅラしてんだよ。ずっと受け身で生きて来たんだろ」

「…………」

事実、図星だった。それが正しいからこそ、真希の言葉は抜き身のナイフのように憂太の胸を切りつけた。

嫌な汗がじんわり滲《にじ》んで、額《ひたい》を伝う。けれど真希の言葉は尚《なお》も鋭かった。

「なんの目的もなくやってけるほど、呪術高専は甘くねぇぞ」

「真希！」

呼吸が苦しくなってきたあたりで、パンダの大きな手が憂太の肩に置かれた。柔らかく、温かな手だった。パンダなのだから、そりゃあ柔らかい。

「それくらいにしろ」

「おかか！」

パンダに加え、棘もまた、憂太の隣に立って鼻息荒く抗議した。語彙は相変わらずおにぎりの具であったが、こうも揃《そろ》って諫められれば、真希もさすがに絡むのをやめた。

「わーったよ、うるせぇな」

そう吐き捨てるように言って、真希は一人で行ってしまう。

「すまんな、アイツは少々他人を理解した気になる所がある」

「……いや――」

パンダがフォローしてくれているのは分かる。けれど、

「――本当のことだから」

事実、何も反論はできなかった。

憂太は片腕《かたうで》を押さえながら、去っていく真希の背中をじっと見つめていた。

「……ここは？」

「ただの小学校だよ」

五条が憂太に答える通り、真希と共に連れて来られたのは、なんの変哲もないただの小学校のようだった。

人払いが成されているのか、玄関前は閑散としている。

こんな静かな場所が呪いとなんの関係があるのか——という疑問については、すぐに五条の口から答えが語られた。

「ただの校内で、児童が失踪する小学校」

「失踪!?」

「場所が場所だからね。恐らく、自然発生した呪いによるものだろう」

「子供が、呪いに拐《さら》われたってことですか？」

「そ。今んとこ、二人」

——それって結構大変な事件なんじゃないか。内心そう思う憂太だったが、説明する真希は落ち着いた様子だった。

「大勢の思い出になる場所にはな、呪いが吹き溜《だ》まるんだよ」

そう語る真希には、憂太に比べて現場慣れした佇《たたず》まいがあった。

呪いを産むのは、人間の感情。学校という環境には、多感な時期の少年少女の様々な情動が宿る。

成績や部活動の競争によって生み出される悔恨、人間関係の摩擦が作り出す嫌悪、閉じたコミュニティーに上手《うま》く馴染《なじ》めなかった子供が味わった恥辱……。もちろん、そんな悪い感情だけが、学校生活の全てではないはずだ。

それでも長い時が経《た》てば負の感情は、老朽化した建物にこびりつく錆やカビの如《ごと》く積み重なって、やがて飽和する。呪いを産みだす土壌となる。

「学校、病院……何度も思い出され、そのたびに負の感情の受け皿となる。それが積み重なると、今回みたいに呪いが発生するんだ」

真希の言葉には、知識としての説明だけではなく、経験から成る説得力があった。それだけで憂太には漠然と、真希が〝呪術師〟という存在なのだという実感が湧く。

「呪いを祓い、子供を救出。死んでたら回収だ」

「えっ？　死……？」

さらりと説明する五条。

それがあまりに簡潔で、当然のように組み込まれる〝死〟という単語に、憂太は戸惑った。これから挑まされるものが危険であることを、否応《いやおう》なく理解させる言葉だった。

けれど憂太が戸惑い続ける間もなく、状況は進行する。

「――闇より出《い》でて闇より黒く、その穢《けが》れを禊《みそ》ぎ祓え」

五条がそんな言葉を唱えると、空から〝闇〟が染み出した。

黒いものがどろどろと溢れ出して、晴れていた青空を覆っていく。あまりにも不自然に、闇夜の情景が広がる。

「夜になってく……！」

「〝帳《とばり》〟――君たちを外から見えなくし、呪いを炙《あぶ》り出す結界だ。内側から簡単に解けるよ」

それだけ簡単に説明して、五条は軽く憂太の肩を叩《たた》き、校門へと向かう。

「そんじゃ、くれぐれも、死なないように」

「死、って……先生!?」

動揺を隠さず呼びかける憂太だったが、既に五条の姿は帳の向こう、すっかり見えなくなってしまっていた。

「転校生、よそ見してんじゃねぇよ」

真希の声を受け、彼女の視線の先を追う憂太。

そこに、それらは居た。

里香以外の〝そういったもの〟を、初めて見る憂太にも、ハッキリと分かった。それらは間違いなく、〝呪い〟だった。

三体の、同じ形をした呪霊。生理的嫌悪感を覚える姿だった。

毛をむしられた鶏《にわとり》のような体に、細長い人型の手足。体の中心に大きな縫い目があって、頭のあるべきところには、巨大な一つ目の眼球が乗っている。

『は……い……る……？』

入る――？　何が、どこに？　そもそも口も無いのに、どこから声を？　次から次へと湧いてくるそんな疑問は、呪霊が次に取った行動で全て解けた。

『は……い……』

呪霊たちは体の中心にある大きな縫い目を、自らの両手でブチブチと破っていく。

『……る？』

開かれれば、すぐに分かった。縫い目の奥から現れたのは、掌ほどの大きな歯と、それに輪をかけて大きな舌。それは縫いつけられた、巨大な口だったわけだ。

――ヤバい。

憂太が本能的にそう感じた次の瞬間、呪霊たちはもう、憂太たちの方へと走り出していた。見るからに人を捕食するための形をしたものが、三体も徒党を組んで駆けてくる。それは悪夢のような光景だった。

「こっちに来る！　どどどど、どうしよう！」

「わめくな」

突然のことで慌てる憂太に対し、真希は既に大刀を構えていた。状況に対する経験も覚悟も、全てが違っていた。

身の丈ほどもある大刀の重心を上手く使い、軽やかに刃《やいば》を振り回しながら、真希は駆け出していく。

「覚えとけ、呪いってのはな――」

真希を捕らえんと伸びた呪霊の手が、空振り、地面を叩く。

攻撃を躱《かわ》しながら真希はくるりと身を翻して、跳んだ。軽やかに文字通り風を切りながら、大刀の刃が弧を描く。しなやかな真希の体が、あっという間に呪霊たちの懐へと滑り込む。

攻防の最中《さなか》、真希の視線が憂太を向き、言葉の続きを紡いだ。

「――弱い奴程よく群れる」

そこから先は、まさに〝瞬く間〟だった。

銀の閃光《せんこう》が宙を走ったかと思えば、次の瞬間には三体の呪霊が斬り捨てられていた。

「まぁ、そりゃ人間と同じか」

両断された呪霊たちは形を失い、濁った粒子となって文字通り霧散する。まさに電光石火の討伐劇。その一部始終を、憂太は呆気《あっけ》に取られながら眺めていた。

「すごい……一振りで」

「オラ、さっさと行くぞ」

「えっ、どこに？」

　驚きの暇《いとま》も許さず急《せ》かされて、憂太は首をかしげる。しかし真希にとっては、たった今倒した呪霊など物の数にも入らなかった。

　肝心なのは、これからなのだ。

「校内《なか》に決まってんだろ」

「……」

　憂太は、真希の歩いてゆく先を視線で追う。

　そこには無人の校舎が、黒い空の下、不気味に佇んでいた。


「……禪院さん、怖くないの？」

「苗字《みょうじ》で呼ぶな」

「ごっ、ごめん、でも滅茶苦茶出そうだよ……いや、もう出てるけど」

実際、校舎に入ってから、憂太はずっと気が気ではなかった。

学校の中は、まさに呪いの巣窟《そうくつ》だった。教室の戸の陰、引き出しの奥、窓の外……ありとあらゆる所から、不気味な影が憂太と真希を覗《のぞ》いている。

三体や四体なんてものじゃない。いったい、こんな不気味なものがどれだけ潜んでいるのか……そう怯《おび》え続ける憂太。

しかし、この状況に真希は憂太とは反対の印象を受けていた。

帳が下りているのに、呪いの数が少ない。いや、いるのに襲って来ない。

「あわわわわわ……」

相変わらず怯えている憂太だが、真希はそんな憂太を見て、一つの疑問を頭に浮かべていた。

——まさか、乙骨《コイツ》がいるからか……？

「っ！　今なんか動いた！」

「おい」

「はい!?」

真希の思索も知らず、相変わらずビビり続けていた憂太は、急に喋りかけられて声を上ずらせる。

「オマエ、何級だよ？」

「え、英検？」

「呪術師には4から1の階級があんだよ」

「……でも僕、呪術高専来たばっかだし、そんなないんじゃ――」

「あー、もういい、学生証見せろ。バカ目隠しから貰《もら》ったろ？」

「……バカ目隠し……」

あんまりなあだ名ではないか……と思うものの、その単語ですぐに誰のことか分かってしまう程度には、憂太の中でも五条は〝バカ目隠し〟のイメージぴったりだった。憂太の脳裏に、万華鏡のように〝バカ目隠し〟の顔がいくつも浮かんでしまう。

「はい、どうぞ――」

ポケットから取り出した学生証は、「どうぞ」の「ぞ」を言い切る前にパシッと真希に奪いとられた。どうも手口がカツアゲじみている。

「ま、前歴なしで入学なら4級……」

そうタカをくくって憂太の学生証を覗きこんだ真希は、その目に飛び込んできた文字を見て、思わず固まることとなった。

――特級!?

それは、呪術師の界隈《かいわい》においても滅多に目にする語句ではなかった。

真希の言った通り、呪術師には四つの等級がある。その説明には、まず呪霊の等級が基準として必要となる。

仮に普通の武器が呪霊に有効だとして、４級呪霊というのは「木製バットで殴り倒せるレベル」。対し、１級ともなれば戦車を使っても心細い。そのくらいの戦闘能力の開きがある。１級の呪術師となれば、戦車より強い……喩《たと》えとしてはそういう話だ。

そこへ来て、憂太の〝特級〟。

特級と言えば、１級よりもさらに上。既存の階級制度の枠を飛び越えた存在……ということになる。

真希にとって、いや、多くの呪術師にとって、そんな階級は冗談でしか耳にしないレベルだ。高専に来るまで憂太が……もとい、里香が暴れてきたことは真希も聞いていた。それにしたって、特級というのはただ事では――、

「禪院さん！　後ろ……」

深みへ入り込んでいた真希の思考を、憂太の声が叩き起こした。

憂太の視線は真希の背後。いや、もっと高い位置を見上げていた。その視線を追って振り返れば、廊下の先に〝壁〟ができていた。

否――それは壁と見まごうほどに巨大な、呪霊の顔だった。

「っ！」

巨大呪霊の手が、廊下を力任せにこじあけるように力を籠める。まるでビスケットのように壁が砕け、窓ガラスが一斉に割れていく。

衝撃の範囲は広かった。校舎全体に細かな亀裂が走り、爆音と共に壁の一部が破裂した。憂太と真希はその勢いで、上空へ放り出された。

顔だけですら巨大だった呪霊が、まるで卵を割って産まれるように校舎の軀体《くたい》を突き破り、その全容を現した。

「クソッ！　無駄にでけぇな！」

落下しつつも空中で、大刀を構えて悪態をつく真希だったが……その呪霊の大きさは、尋常なものではない。

立ち上がった呪霊の頭は、屋上から突き出て天を仰いでいる。さっきまでの呪霊がホラー映画の怪物であれば、それはもはや怪獣の類《たぐい》だ。

それでも、落下しながら大刀を振り回し、攻撃に移らんとする真希。

しかし、巨大呪霊はそれを待ち構えていたとばかりに、体躯に見合う大きな口をめいっぱい開いてみせた。

「げ！」

――喰《く》われる。

真希は口の中へ落下しながらも、掲げた大刀を鋭く振り下ろしたが、刃は呪霊の歯とぶつかって火花を散らしただけで、ダメージにはならない。

空を飛ぶような術は、真希にはない。宙に放り出されたまま落下してきた憂太と共に、為《な》す術《すべ》もなく、二人で口の中へと飲み込まれてしまう。

呪霊には喉《のど》にも大量の牙《きば》が生えていて、憂太は上手いことそれらを避《よ》けるように落ちて行ったが……真希は太腿《ふともも》を切りつけられてしまった。

やがて、ゴクンッ、と大きな嚥下《えんか》音が響いた。

『ごちごちごちごち――ごちそぉさまぁあああああぁぁぁぁぁぁん』

ゴフッ、と呪霊のゲップが空に揺らぐ。

真希の取り落とした大刀が、乾いた音を立てて屋上に落ちた。


「――クソ！　呪具落とした！」

その怒声と肉を蹴りつけるような音で、憂太は目を覚ました。

「出せゴラァ！」

顔を上げると真希が、それはもう、たいそう怒っていた。タイトなスカートから覗いた太腿には大きな切り傷があって、血が滴っている。

　まだ、少しぼんやりした頭で周囲を見渡すと、そこは校舎の中でも外でもなかった。洞窟のようにも見えるが、床も壁も、もっと有機的な質感でできている。

「ここは？」

「アノ呪いの腹の中だよ。こん位で気絶してんじゃねー」

「……ってことは、食べられたの!?」

「そうだ。テメエ、呪いに守られてんじゃねーのかよ！」

「里香ちゃんがいつ出てくるか、僕もよく分からないんだ！　……それより、どうするの!?」

「時間が来て〝帳〟が上がれば助けがくる。……恥だ、クソッ！」

　それは憂太からすれば安心できる情報だったが、同時に真希にとっては、この状況は手詰まりだということで……〝任務失敗〟を意味する結果でもあった。

　とはいえ、呪霊に飲まれ、呪具も無いとあっては、まったく為す術がない。真希の攻撃能力は、ハッキリと呪具に依存している。呪霊の腹を破ろうと試みることすらできない状況だった。

　真希にとっては、未熟さを見せつけられるような事態で腹立たしかったが、今はそれが現実。あとは下手《へた》に動かず、助けを待つしかない。

　そのはずだったのだが、

「──助けて」

どこかから、声が響いた。真希の声でも、憂太の声でもなかった。

「あ？」

肉壁の裂け目に、二人の少年がいた。

小学生だろう。声をかけた子供の方が少し大柄で、ぐったりとしたもう一人の小柄な子供を膝枕《ひざまくら》に乗せている。

「お願い……こいつ、死にそうなんだ……」

憂太の脳裏に、五条との会話が蘇《よみがえ》る。

目的は、呪いを祓って子供を救出。死んでいたら回収──……拐われた子供は、確か二人。まさしく目の前の子供たちが、そうだろう。

「よかった、生きてた……」

「よくねぇよ。ちゃんと見ろ」

胸を撫《な》でおろすような憂太の呟《つぶや》きを、真希の言葉が遮った。

小柄な子供は、見るからに具合が悪そうだ。それに比べれば、大柄な子の方は意識があるだけマシそうではあったが……やはり無事とは言い難かった。

顔の左半分が爛《ただ》れたようになっていて、左目は、黒目と白目が反転したような異形の様相になっている。耳を澄ませば、ヒュー、ヒューと、か細い呼吸音も聞こえた。

「デカい方も完全に呪いにあてられてる。二人共、いつ死んでもおかしくねぇ」

「そんな！　どうすれば……！」

「どうにも！　助けを待つしかねぇよ！　……誰もがオマエみてぇに呪いに耐性があるわけじゃねーんだよ」

「……禪院さん？」

憂太は、真希の物言いに違和感を覚えた。〝オマエみたいに〟という言葉は、憂太だけを指している。

その疑問の答えに思い至る前に、突如、真希が倒れた。

「禪院さん!?」

横たわった真希に駆け寄って、ようやく憂太はその容体に気が付いた。

高熱に浮かされたような荒い息遣い。それと、太腿の傷。

それはもう、普通の切り傷の様相ではなくなっていた。

「なんだ、この傷……呪いがかかってるのか……？」

いつの間にか傷口の周りに、無数の〝目〟のようなものが増殖して、膿《うみ》のように真希の体を蝕んでいる。それが如何《いか》なるものなのか憂太には判断できなかったが、真希の様子から見るに、毒のように体に回り苦しめているようだった。

――呪いにあてられてる。

先ほど真希から聞いた言葉が、憂太の頭に蘇る。つまり、このまま呪いが蝕み続ければ、真希も――

「お姉ちゃん、死んじゃうの？」

憂太の思考を先取りするような、少年の声が響いた。

「ねぇ……助けてよ、お兄ちゃん！」

「……」

「ねぇっ！」

「……そんなこと言ったって」

こんな小さな少年でさえ、呪いに侵されてなお、膝の上の友達や初対面の真希の……他人のことを案じている。今、無事に動けるのは憂太だけだ。分かっている。その「助けて」という訴えに「任せておけ」と胸を張って答えられたら、どんなに良いか。

けれど、できるわけがない。

誰かを助ける自分の姿なんて、憂太自身が一番想像できないのだから。

「無理だよ、僕じゃ――」

だが、そんな後ろ向きな返答は、言い切る前に止められた。

「乙骨」

真希の手が、憂太の胸倉《むなぐら》を摑んでいた。

苦しいはずの体を起こし、声を張り上げていた。力を籠めるのも辛《つら》そうな震える指が、それでも憂太を離さない。

「オマエ、マジで何しにきたんだ……呪術高専によ！」

「……」

「何がしたい！　何が欲しい！　何を叶《かな》えたい！」

「……僕は……」

その問いの答えを、憂太はもう持っていた。

それは、誰かを助けたいとか、自分の力を役立てたいとか、そんな胸を張って言えるものじゃない。もっと、ずっと、個人的な感情。

「……もう、誰も傷つけたくなくて……閉じこもって、消えようとしたんだ……でも」

そうだ。一度受け入れた、死刑という道。

里香が憂太に憑いている限り、生きているだけで多くの人間を傷つける。そんなのはもうウンザリで、だから終わらせようと思っていた。

けれど、言い返せなかった。

五条に「一人は寂しい」と言われた時、憂太は気づいてしまった。誰かを傷つけるのは怖い、それでも――。

「誰かと関わりたい」

そんな願いがまだ、憂太の中には残っていた。

そう、願いだ。義務や使命じゃない。誰かを救うためでもない。

「誰かに必要とされて――生きてていいって、自信が欲しいんだ」

憂太は自分を救う術《すべ》を探すため、ここに来た。

「じゃあ、祓え」

そして、答えは真希の口から告げられた。

「呪いを祓って、祓って、祓いまくれ！　自信も、他人も！　その後からついてくんだよ！」

「……」

「呪術高専は、そういう場所だ」

それだけ告げて、限界が来たのだろう。真希は再び倒れた。

憂太の胸倉を摑んだままだったから、勢いでボタンがちぎれ、外れた。露《あら》わになった憂太の首元には、小さな首飾りが鈍く輝いている。

それは鎖に通した、指輪だった。

幼き日、里香と交わした約束の証。里香という存在との、最も強い繋がり。

「…………」

願いを明かした。答えはもらった。

だから憂太はもう、為すべきことを見失わなかった。

その指輪を握り締め、鎖から引きちぎる。

「里香ちゃん――」

――なぁに？

応える声が、確かに聞こえた。

もう、その声に怯えない。迷わない。

ずっと、手放せないのに逃げ続けていた呪いの象徴。里香からの婚約指輪を憂太は今、左手の薬指へ……あるべき場所へと、嵌めた。

あの日、少し大きかった指輪は今、隙間なく憂太の指を包み込む。過去から続き、未来まで届くはずだった約束を、覚悟をもって受け入れる。

指輪が淡く、光を放つ。

「――力を貸して」

幼きあの日から自分を取り巻き苛《さいな》んでいた〝呪い〟。

それを今、憂太は〝術《すべ》〟として、受け容《い》れた。


憂太たちを飲み込んだ後、巨大呪霊は屋上から体を突き出したままその場に留《とど》まっていた。

獲物が居なかったからだろうか。はたまた、憂太たちを消化するまでのんびり待っているつもりだったのか。ともかく、大きな動きはなかった。

しかしその体が突如――ビクン、と痙攣《けいれん》した。

ボコボコと音を立て巨大呪霊の体が歪《いびつ》に膨らんでいき……やがて一部が裂け、鮮血が宙に噴く。

その裂け目から、もっと強大な呪いが現れた。


『イアァアアアアァアァアアアアアアアアア‼』


鋭い爪《つめ》を持つ、鬼の如き体。

無数の牙を持ち、目の無い深海魚のような顔に、長い髪《かみ》が触手めいて生えていて、それだけが辛《かろ》うじて少女の面影を残す。

それは、里香だ。その姿もまた、建物ほどに巨大になっていた。

今まで憂太の周りで引き起こした事件や、教室で真希たちを襲った時とは比べものにならない。憂太自身の意志を受けた、膨大な呪力の顕現。

呪霊として完全に具現化した、里香の姿だ。

『あぉおぉおぉ？　だァァァァれぇ？』

戸惑う巨大呪霊の頭を、里香の手が掴み、屋上へ叩きつける。

『アア゙アア゙アア゙アア゙アア゙アア゙アア゙アア゙アア゙ア!!』

咆哮《ほうこう》。

力任せに捻《ね》じ込むだけで、いともたやすく巨大呪霊の頭が砕けた。今の里香にとっては、トマトを握り潰すようなものだ。

目玉と肉と、血しぶきが雨あられのように降り注ぎ校庭を染める。

『ゔゔゔるさい――』


その様子を、五条は帳の外から感じていた。

「凄《すさ》まじいね」

本来、外からでは帳の境界にへばりついた血しぶき程度しか見えない。しかし五条が包帯の奥に隠す〝眼《め》〟には、呪力のイメージがハッキリと見えている。

「これが〝特級過呪怨霊・祈本里香〟の全容か。ククク……怖い怖い」

『わぁ　きれぇ』

既にそれは戦闘でもなく、虐殺ですらなかった。

血で染まった手に、里香は嬉《うれ》しそうに微笑む。

『りか　きれぇなの　すきぃ』

ぐちゃぐちゃと巨大呪霊の残骸を掻《か》きまわす里香。どうやら、絵具遊びをしているつもりらしく、呪霊の体はどんどん原型を失ってゆく。

「はぁ、はっ――っんぐ……」

そんな中、破れた呪霊の体から脱出した憂太は、真希を背負い、子供たちを両脇に抱えて校庭を進んでいた。

「皆……もう少しだから」

早く――早く皆を、五条に診てもらわなければならない。今はまだ里香が呪霊で〝遊んでいる〟から良いものの、もし気づかれてしまったら……解放された里香は、どんな行動に出るか分からない。

覚悟こそ決めたものの、憂太は里香を制御できるようになったわけでは無いのだ。

「……っ！　まだ倒れるな……！　まだ！」

女子と子供とはいえ、三人もの体を運ぶには、憂太の体は細すぎる。

それでも、どれほど足が重たくとも、止まるわけにはいかない。だって――。

「ここで変わるって……決めたじゃないか！」

だから憂太は、折れそうな膝に力を込めて、一歩ずつ進む。

たった今、決めたばかりの覚悟を嘘《うそ》にしないように。

そしてようやく、校門傍《そば》に落ちた大きな瓦礫《がれき》の横を通り過ぎようとした時。


――頑張れ、憂太。


そんな声が、確かに聞こえた。

それはかつて耳に馴染み、恋した、里香の声。

その声に応える言葉が、憂太に最後の一歩を進む力を与えた。とうとう校門を抜けた時
「うん……頑張るよ」

……空を包んでいた黒い帳が消えて、外が見えた。雲のゆく空。いつも通りの日常の景色。

終わった。

その事実に気づいた時、安堵《あんど》が疲労感となって憂太を包む。支えを失った体が、地面に

倒れる。

「おかえり。頑張ったね」

遠のいていく意識の向こうで、憂太の耳に、五条の声が聞こえていた。


「問題ないってさ、真希も子供も」

任務の後、真希たちを運び込んだ総合病院の廊下。

傍らに立つ五条の報告を聞いて、ベンチに腰《こし》かけていた憂太は安堵の声を漏らす。

「よかった……」

「何か、スッキリしない顔だね」

けれど、その感情が安堵だけではないことを、五条は見抜いていた。事実、憂太には複雑な感情があった。

「……初めて、自分から里香ちゃんを呼びました」

「そっか。一歩前進だね」

「……」

憂太は左手の薬指に嵌めた、指輪を眺める。

婚約指輪の、本来収まるべき場所。指輪とは、そこに在るだけではただの物だ。嵌めるべき指に嵌めることによって、初めて意味を持つ。

今日まで憂太は、その指輪を肌身《はだみ》離さず持っていても、首飾りとしてしか身に着けていなかった。知らず知らずのうちに、目を背けていたような気もする。

憂太の目の前を、パジャマ姿の小さな男の子が歩いていく。キャスターつきの点滴スタンドを携えているから、入院患者なのだろう。

「…………」

その男の子の姿が、憂太には過去の自分と重なった。

かつて、小学校に上がる前——憂太にもそうやって点滴スタンドを引っ張って、病院で過ごしていた時期があった。

思い出す。そのころ憂太は肺炎をこじらせ、入院生活を送っていた。

呼吸をするたびに襲う咳《せき》は辛く、体力の落ちた足取りは重く……白く無機質な病院の中は、とても憂鬱な空間だった。

けれど、ある日のことだ。

息の詰まるような病院の中で、憂太は綺麗《きれい》なものを見つけた。

大部屋にたった一人、窓際のベッドで身を起こして外の景色を眺めていた少女。開いた窓から吹き込む風に、艶《つや》やかな黒髪が柔らかく揺れていた。

その姿が、あまりに綺麗だったから、憂太はつい見惚《みと》れてしまった。

そのうち咳が漏れて、気づいた少女が憂太の方を見た。そして、優しく微笑んだ。まるで、味気ない病室の一角に花が咲いたようだった。

その少女が、里香だった。

……そうだ。憂太が、里香を見つけた。それが出会いだった。

それからの憂太の記憶は、ずっとずっと、里香で彩られている。小学校に上がってからは、離れた覚えもない。

二人で遊んだ公園。「やめてよ」なんて笑う里香をからかって、丸いジャングルジムをぐるぐる勢いよく回して。夏休みには、水風船を持ち出して、ぶつけあいながらはしゃいで。

はじけ飛ぶ水しぶき。二人の笑い声。駆け足が起こした砂ぼこりの、夏の香り。

めぐりゆく記憶。目蓋《まぶた》に浮かぶのは、里香の笑顔ばかりだ。

幼いころ、その感情の正しい名前を知らなかったかもしれない。でも確かに、憂太は里香が好きだった。

そして……、そうだ。思い出した。指輪を貰った、あの春の日。

——約束だよ。大人になったら、里香と憂太は結婚するの。

公園の木々から漏れる陽光の下で、太陽にも負けないくらい煌《きら》めく里香の笑顔。

指輪と共に贈られたあの言葉に、なんて返事をしたのか。

――いいよ。じゃあぼくらは、ずーっとずーっと、いっしょだね。

「……」

「どうかした？」

「いえ……少し、思い出したんです」

尋ねる五条に、憂太は指輪を見つめたまま、答える。

それはきっと、薄々分かっていて、けれど忘れていた……忘れようとしていた、一つの可能性。

「……里香ちゃんが僕に呪いをかけたんじゃなくて、僕が里香ちゃんに呪いをかけたのかもしれません」

「これは持論だけどね。〝愛〟ほど、歪《ゆが》んだ呪いはないよ」

きっとその通りなのだろう。五条の言葉に、憂太は唇を噛《か》む。

ずっと目を背けてきた。忘れようとしてきた。五条に連れて来られた時には、目的も無く、真希に叱咤《しった》されるまでは願いも無かった。

「先生――」

けれど今、憂太の為したいことと、為すべきことは、一つになった。

死刑を受け入れている場合じゃない。

今、この命を賭して、憂太が為すことは一つ。

「――僕は、呪術高専で里香ちゃんの呪いを解きます」


夜が更け、月が高く昇るころ。

憂太たちが訪れた小学校は、戦いの傷跡を痛々しく刻んだままだった。

校舎の壁は罅割《ひびわ》れたままで、大穴の空いた屋上には、大穴が空いている。


生徒たちの必死の頑張りの裏で、教員や補助監督たちもまた、呪術の世界と表の世界との摩擦を防ぐために働いている。情報統制は既に十分根回しされ、校舎には立ち入り禁止のテープが施され、一般人は踏み込めなくなっている。

――にも拘《かかわ》らず、屋上に踏み込んでくる男がいた。

無人の夜に、静かな足音が響く。人影の進む先、屋上に小さなカードが落ちていた。

それは、巨大呪霊の出現の際、真希が取り落とした憂太の学生証。

男はそれを拾い上げると、誰に知られることもなく、夜闇に消えた。

冷めた月光だけが、全てを見つめていた。

二章

「特級過呪怨霊《かじゅおんりょう》・祈本里香《おりもとりか》、４２２秒の完全顕現――」

呪術高専《じゅじゅつこうせん》内、総監部の一室。障子の奥から響く声。

先日、憂太《ゆうた》の秘匿死刑についての議論が為された間で、あの時と同じように、五条《ごじょう》は部屋の中心で、己を取り囲む六枚の障子と対峙《たいじ》していた。

議題は、憂太と真希《まき》が赴いた小学校でのこと。

「――このような事態を防ぐために、乙骨《おっこつ》を君に預けたのだ。申し開きの余地はないぞ、五条悟《さとる》」

「まぁ、元々言い訳なんてするつもりないですし」

重苦しい空気の中にあって、五条は相変わらず軽い調子だった。

ポリポリと頭を掻《か》く五条の姿は、いかにも「オフの装いです」と言わんばかりの姿。髪《かみ》を下ろし、目も包帯ではなくサングラスで隠している。

その調子が気に障《さわ》ったのか、別の障子の向こうから荒らげた声が聞こえた。

「何をふざけている！　祈本里香があのまま暴走していれば、町一つ消えていたかもしれんのだぞ！」

「そうなりゃ、命懸けで止めましたよ。……あのね、私らがあの呪いについて言えることは、一つだけ──」

五条の脳裏に浮かぶのは、禍々《まがまが》しく強大な呪霊、〝里香〟……だけではない。

本当に気にすべきは、乙骨憂太がかつて共に過ごし、恋焦がれ、愛した、ただの少女であったころの祈本里香。

「──〝出自不明《わからない》〟。呪術師の家系でもない女児の呪いが、どうして、あそこまで莫大《ばくだい》なものになったのか。理解できないモノを支配《コントロール》することはできません」

呪術師とは呪術を使う者。

非科学的な分野とはいえ、それが〝術〟と呼ばれる以上、そこには理屈があり、理論が組まれ、法則が支配している。

逆に言えば、その理屈が不明な存在には呪術師とて説明はつけられない。

そんな当然のことを、呪術師の総監部ともあろうものがなぜ理解できないのか、五条は内心の呆《あき》れを隠そうともしない。

「ま、トライ&エラーってね。暫《しばら》く放っておいてくださいよ」

そう、さっさと話を切り上げて出口へ向かう五条。

その背中に、障子の向こうから声がかかる。

「……乙骨の秘匿死刑は、保留だということを忘れるな」

「そうなれば、私が乙骨側につくことも忘れずに」

肩越《かたご》しに振り返りながら、五条は断言する。

サングラスの端、青い瞳が障子の向こうを睨《にら》む。

老いてはいても、そこに集まるのは呪術界の有力者たち。その瞳が向けられることの意味を分からぬほど暗愚な者はいない。五条の視線は、それだけで強い警告となる。

黙る老人たちを一瞥《いちべつ》して、五条は部屋を出ていく。

「ったく、野暮な年寄り共め。ああはなりたくないね、僕も気をつけよっと」

サングラスを外し、髪を上げて、包帯で目を覆う。

いつも通りのスタイルを整えながら、五条の足取りは建物の外を目指す。

日の下へ出て歩く外の道。鳥居や灯籠《とうろう》の並ぶ通路を抜けて、長い下り階段のその向こうに呪術高専のグラウンドが広がっている。

「大体さぁ、若人《わこうど》から青春を取り上げるなんて、許されていないんだよ――」

グラウンドで体を動かす学生たちの姿。

ストップウォッチ片手に「真希と棘《とげ》、ラスト一周ー！」と声をかけるパンダ。白線の引かれたトラックを、真希も棘も涼しい顔で駆けてゆく。慣れ親しんだ光景。

けれど、そこには新たに一人……へとへとになりながら走る、憂太の姿。

「――何人《なんぴと》たりともね」

初夏の、爽やかな青空の下。五条は微笑《ほほえ》みながら階段を下りていく。

真希や棘に二周以上の差をつけられながらも、なんとかランニングを終え、憂太が五条に連れられてやってきたのは、高専内にある倉庫……もとい、武器庫だった。

呪術高専が呪いを祓《はら》う術《すべ》を学ぶ場所であり、呪術師たちにとっての総本部的な立ち位置でもある以上、呪いを祓うための呪具《じゅぐ》や武具の貯蔵も当然ある。

施錠を外して扉を開ければ、ゴゴゴ、と重苦しい音が響く。

「ささ、どうぞ～」

「は、はい……」

促されて中に入った憂太は、思わず圧倒された。

何せ、所狭しと並ぶ武器、武器、武器……槍《やり》に薙刀《なぎなた》、日本刀、棚には何やら、厳重に封じられた壺《つぼ》だの箱だのが置かれている。

里香という呪いと共に過ごしてきたとはいえ、憂太はあくまで普通の学生だった。その生活文化において〝武器庫〟というものを見るのは流石《さすが》に初めてだった。

「祈本里香程の大きな呪いを祓うのは、ほぼ不可能。だが〝解く〟となれば話は別だ」

五条は語りながら棚の前までやってきて、いくつかの武器の中から一振りの刀へと手を伸ばす。指先で、刀に巻かれた下緒《さげお》の結び目をなぞる。

それは五条が憂太へと伝えたい、〝解呪《かいじゅ》〟のイメージにも繋《つな》がる。つまりは絡まった呪いの構造を辿《たど》り、理解しろということだ。

「何千、何万もの呪力の結び目を読み、一つずつほどいていく。呪われている君本人にしかできないやり方だ」

「具体的にどうすれば……」

「これを使うといい」

そう言って、五条は触れていた刀を憂太の方へと放った。

「刀……！」

慌てながら受け取る憂太。両手で持っても鋼《はがね》の重みを感じる。おおよその学生が普通に生きていれば、まず味わうことのない、真剣の重みだ。

「呪いは、物に憑《つ》いてる時が一番安定するからね、君はあの時、指輪を通して祈本里香と繋がった。パイプはできてるんだ」

――まるで見ていたかのように語る。だからこそ、呪力の繋がりや理屈などまだ分からない憂太でも、五条の物言いには説得力を感じた。

確かに指輪を薬指に通した時、憂太は今までは纏《まと》わりついているだけだった里香の存在を、具体的に捉えられるようになった気がした。

「里香の呪いを貰《もら》い受け、刀にこめて支配する。繰り返し、量を増やし、いずれは全てを手中に納める……後は、晴れて自由の身さ。君も、彼女もね」

「刀に呪いをこめる……」

「と、同時にぃ」

憂太の思考を遮るようなタイミングで、五条が口を開く。

「刃物の扱いも覚えなきゃだし……何より君、超貧弱だから。まずは徹底的にシゴきます」

そんな風にかけられた五条の言葉は、憂太の不安を見透かしてのもの。

つまり「できるまでビシビシ鍛えてやるから心配するな」ということなのだが……それはそれで、別の不安が襲ってくる気がする憂太であった。


目的を得て、道具を得て、進んでゆくべき道を得て……憂太の高専生活は目まぐるしく過ぎてゆき、季節は巡って夏となった。

あれから憂太は文字通り、本当に徹底的にシゴかれた。

五条の指導のもと、そして同じ武器使いの真希の手によって、体力作りと剣捌《さば》きを叩《たた》き込まれる日々……最初の一か月は主に筋肉痛の記憶が強い。

一日の終わりには泥のように眠ってしまうほど毎日ヘトヘトになっていたが……やるべきことがあり、学友と過ごす日々には、充実感があった。

そしてその甲斐《かい》あって、三か月が過ぎるころには一応の剣術らしい型を扱えるまでに成長していた。

「ハッ！」

照りつける夏の日差しの下。グラウンドに響く蟬《せみ》の声の中、憂太の掛け声が響く。

憂太の振り下ろした竹刀《しない》が目掛けた先は、真希。彼女もまた刃《やいば》のない模擬槍《もぎそう》を手に、憂太と対峙していた。

竹刀の一撃を模擬槍で払い、そのまま横薙《よこな》ぎの反撃——と見せかけ、真希はフェイントを入れて突きを繰り出す。

しかし憂太もまた、即座に引き戻した竹刀でその突きを逸《そ》らしてみせた。階段に座って見守るパンダと棘からは「おっ」とか「ツナ」とか湧く反応が届く。少し前までの憂太なら躱《かわ》せない攻撃だった。

再びの攻防。切り込んで刀の間合いに持ち込もうとするも、体術も使う真希に憂太は攻めきれず、蹴りで距離を取られての仕切り直し。

下手《へた》に動けばリーチの長い真希に返り討ちを食らう。どのタイミングで再び懐を狙いに

行くか――そんな緊張感の最中《さなか》にある憂太の元へ、

「――やぁやぁ、皆《みんな》。調子はどうだい？」

と、軽いノリの五条がやってきて、

「あっ、えーと――」

なんて、つい返事に気を取られた瞬間、真希の模擬槍が憂太の横っ面をブッ叩いた。

「余所見《よそみ》してんじゃねぇよ」

「はい……」

「さっさと構えろ、ハゲ」

「はい」

流石に真希のこういうノリにも慣れて来てはいる。それでも内心「きっつ！」と泣き言を唱えたくなる憂太だ。けれど、

「私から一本とるんだろ？」

なんて煽《あお》り文句には、初対面のころからは感じられない真希なりの親しみを感じるもので……そうしたら不思議と泣き言なんて引っ込んでしまう。

「――はい！」

再び竹刀を構えれば、すかさず真希の攻撃が飛んでくる。

風を切る模擬槍の一撃を、竹刀で防ぎながら回り込めば……真希の背後を取ることがで

きた。憂太にとってはこれ以上ない好機。

しかし、憂太の繰り出した斬撃を真希は軽やかに跳躍して避《よ》ける。

「っ！」

躱された。けど崩した。ならば、狙うのは着地の瞬間。いくら軽やかに跳んだとて、人の体は重力に逆らえない。

真希が着地するタイミングを見計らい、憂太は切り上げ気味に斬撃を放つ。

間違いなく、姿勢を整える前に真希を捉える軌道で竹刀を振るった。の、だが——

「——嘘《うそ》ぉっ！」

まるで新体操選手の如《ごと》く、真希は両足を水平まで広げて地に伏せ、憂太の攻撃をくぐってみせた。体の柔らかさを駆使したトリッキーな回避。それはまだ〝基礎〟を身に着けだした段階の憂太に対応できるものではなかった。

あっという間に真希の足が憂太の腿《もも》を払い、姿勢を崩す。その勢いのまま襟を摑《つか》まれて、憂太はあっさり地面へと引き倒されてしまう。

「わっ——」

「はい、死んだ」

ゴツン、と模擬槍の先が憂太の額《ひたい》を叩いた。

「だっ！」

「また、私の勝ちだな」

ニッ、と勝ち誇った真希の笑顔。

赤くなった額がジンジン痛む中、憂太はその笑顔を見上げる。

「……最後の、いりました？」

「甘えんな、常に実戦のつもりでやれ。罰《いたみ》があるのとないのとじゃ、成長速度がダンチなんだよ」

――そうだ。僕は、里香ちゃんの呪いを解くんだ。

まだ、戦闘技術は一端《いっぱし》とは言えない。未《いま》だに、こんな甘えが出ることもある。けれど呪術高専での生活、少しずつでも確かに力を付けていく経験を経て、憂太はもう己の目的に疑いを持つことはなくなっていた。

「もう一本、お願いします！」

すぐさま起き上がり竹刀を構える憂太。真希もまた「上等」とばかり、すぐに二戦目に応えてゆく。そんな二人の様子を、校舎へ続く階段を椅子《いす》代わりにして眺めていたパンダは、しみじみとした様子で口を開いた。

「憂太が高専にきて三か月か。……かなり動けるようになったな」

「しゃけ」

「性格も前向きになったよねぇ」

なんて、棘と五条も同意する。元の性格が性格だ。まだまだ気弱には違いないが、それでも憂太は、人格的にも能力的にも、入学してきた当初からは見違えるようだった。

「すじこ」

「確かに、真希も楽しそうだ。今まで武具同士の立ち合いってあんまなかっ――」

――天啓ッ！

その時、パンダの白黒の頭にひらめきの電流が走った！

「憂太ァ！　ちょっと来い！　カマン！」

「え？　どうしたの、パンダくん？」

「超大事な話だ！　心して聞け！」

訓練の最中、突然呼ばれて戸惑いながら駆け付けた憂太に、パンダは神妙な顔で寄っていく。

心して聞け、とまで言うのだ。もしかして自分の戦いに何か致命的な欠点でも見つけたのか……そう身構える憂太へ、パンダは声を低くしながら、問うた。

「オマエ――巨乳派？　微乳派？」

「今!?」

憂太は思わず驚いたが、多くの思春期の若人にとっては、ある意味で社会情勢や将来設計よりも大事な話である。数年後に地球温暖化が世界を左右したとして、多くの若者としては知ったこっちゃないだろうが、性癖の話は大問題である。青春という二文字の〝春〟の方を象徴する話題なのだから、つまり五十パーセントを占めるのである。

まぁ……憂太にだって、その問いに答えられる程度の好みはあるわけで。

「あんまり気にしたことないんだけど……」

「ふんふん」

「……人並みに、大きいのは好きかと……」

「ほっほーう」

馴《な》れ馴れしく肩を組みながら、ヤなトーンで唸《うな》るパンダ。

パンダの表情筋って、こんなエロオヤジみたいな顔できるのか――憂太でもそう言いたくなるくらい、嫌なニヤけ方をしていた。

「真希！」

「あ？」

急にパンダに呼ばれ、振り向く真希。

その視線の先で、パンダが凄《すご》～くイヤな笑顔で、クルクルとバレリーナダンス――からの、両手で大きくＯＫサインを繰り出してきた。

「――脈ありデース」

真希はキレた。

「何勘違いしてんだ！　殺すぞ！」

「照れんなや！　小学生か！」

「おーし、殺す！　ワシントン条約とか関係ねぇかんな！」

憂太との模擬訓練が、あっという間に真希とパンダのドタバタした取っ組み合いになってしまった。憂太も三か月間見てきたが、彼らはいつもこんな感じである。

とはいえ、話題が話題なだけに、そもそもの渦中にいた憂太にも照れくささが残る。

「……はは、なんの話かな」

「こんぶ」

「……」

パンダと真希がワイワイする中、憂太の隣で相槌《あいづち》を打ったのは棘だった。

と言っても、口から紡がれる言葉はおにぎりの具である。正直、憂太は今になってもまだ、意思疎通できている気はしない。

そもそも、言葉という一番のコミュニケーション手段がこの調子なのだから、憂太としても棘のことだけはまだよく分からなくて、正直ちょっと怖かった。もう少し棘とじっくり向き合う機会があれば、印象も変わるのかもしれないが……。

そんな折、まるで計ったようにその機会はやってきた。

「はーい、集合。そこの二人は引き続き鍛錬してもらって――」

鍛錬と言うには、相変わらず子供のケンカを続けている真希とパンダを横目に、五条は手を叩いて声をかけた。

「――棘、ご指名。君に適任の呪いだ。ちゃちゃっと祓っておいで」

「しゃけ」

「ご指名……」

初めて聞く表現を、憂太は思わず復唱した。

「棘は一年で唯一の2級術師。単独での活動も許されてんの」

「へぇ～、凄いなぁ」

真希に足蹴にされながら説明するパンダに、素直に感心する憂太。

一方、真希はそんな憂太を見て「オマエ特級じゃん」とツッコミたい気持ちでいっぱいだったのだが。

とはいえ等級を別にしても、指名というからには実績を重ねているという話でもあるだろう。同じ学年なのに、自分とはやはり場数《ばかず》が違うんだな……と感心しっぱなしの憂太だった。

「憂太も一緒に行っといで。棘のサポートだ」

「えっ」

ところが、五条の指示が急に自分にも飛んできて憂太は少し驚いた。

「サポート……」

「ってよりは見学だね。呪術は多種多様……術師の数だけ、祓い方があると思ってくれていい。棘の〝呪言《じゅごん》〟はそのいい例だ。しっかり勉強しておいで」

「呪言？」

また、初めて聞く単語だ。そう、きょとんとする憂太に五条は微笑む。

「文字通り、言葉に呪いがこもるのさ。ま、見た方が早いよ。……呪いを解くならまずは呪いを知らなきゃね」

そういう五条の言葉に、納得はした。

しかしその後、支度を済ませ、移動用の車が停《と》められた任務出立口《しゅったつぐち》に赴くまで、憂太はずっと緊張しっぱなしだった。

サポートとはいえ、つまり実戦ということだ。真希と行った小学校での事件以来、憂太は三か月間みっちりと基礎鍛錬を積んできたが、現場には出ていない。

初めてではないが、まだ二回目。

一回目だってほとんど何も分からずついていき、里香の解放に頼っただけで、憂太は呪術師として働けた気はしていない。緊張は隠しきれなかった。

そんな憂太の肩を、ポンポン叩く感触があった。

「ん？」

「しゃけ」

振り向くと、棘が片手を上げていた。

元々、目つきはよくない棘だ。トンネル内に設けられた出立口の暗がりでは、ハッキリ言って睨まれているのかと思ったし、伸ばされた手は怖かった。

「えっ、あっ……ごめんなさい……？」

「………」

その様子につい謝ってしまう憂太。

狗巻《いぬまき》棘という少年は、語彙《ごい》も特殊だし表情もあまりない。

しかし、自分の緊張が伝わったのだろうことは憂太にも分かる。棘の立場になってみれば、指名で赴く任務に半人前がついていくのだ。「ビビってんじゃねーよ」と叱《しか》られていてもおかしくない。せめて、足手まといにはならないようにしないと……そう、憂太はいっそう緊張してしまう。

そんな憂太に、五条が声をかける。

「憂太、ちょっと」

「あ、はい」

「悪いね、今回引率できなくて。でもま、本来棘だけで足りる仕事だから、気楽にいきな。君が気をつけるのはただ一つ」

そんな五条の言葉を聞いて、憂太は緊張をほぐしてくれているのかと思った。

しかし、そんな繊細な気遣いをしてくれる教師ではないことを、憂太はその時まで少し忘れていた。

「里香は出すな」

「っ！」

「前回みたいに、運よく引っこんでくれるとは限らない。里香の力は、刀に納まる範囲で使うこと」

「……」

「もしまた全部出しちゃったら、僕と憂太、処分《ころ》されちゃうから！　ヨロシクネ！」

「なっ……」

——なんでこのタイミングで追い打ちかけるの、この人！

つまり今回、憂太が選べる戦闘手段は、ここ三か月訓練していた剣術が主となる。それだって、真希との模擬戦では未だに一本取れていないような代物《しろもの》。

——大丈夫かな……。

そう、いっそうガチガチに緊張したまま憂太は車に乗り込んでいく。

街へ続く道を下って、憂太たちを乗せた車がたどり着いたのは、いかにも寂《さ》びれた薄暗い商店街だった。

「到着です」

ドアが開き憂太たちと共に車から降りたのは、スーツに身を包んだ、いかにもサラリーマン風の男。伊地知潔高《いじちきよたか》だ。呪術高専においては補助監督という立場の人物で、普段は主に、事務的な仕事を行っている。

つまり五条に比べると、かなり〝きちんとした〟雰囲気の仕事ぶりである。

「ハピナ商店街。現在は、ほぼシャッター街となってます。ここら一帯を解体して、大型ショッピングモールを誘致する計画がありまして――」

伊地知の説明を受けながら、憂太はあたりを見渡した。

下りたシャッターに張り付けられた「閉店」の貼り紙も既に古く、ガラス窓から覗《のぞ》ける店内は朽ち、空き店舗というより廃墟《はいきょ》の様相だ。

いかにも、呪いが好みそうな湿った空気感。

緊張感を覚えながら、憂太は伊地知の言葉に耳を傾ける。

「その視察中に、低級の呪いの群れを確認。狗巻2級術師には、その祓いをお願いします…………って、アレ!? 狗巻術師!?」

「っ!? いない……」

いつの間にか姿を消していた棘に、憂太も周囲を探す。

すると、近くのドラッグストアから「ありあとやした～」という店員の声。その声に気づいて視線を向けると、棘はそこにいた。

「あっ! 伊地知さん、あそこ」

……買い物してる!

レジ袋を提げて店から出てきた棘に、正直驚きを隠せない憂太である。

「何買ったの?」

憂太が尋ねると、棘はレジ袋の中から小さなスプレーを出して見せた。

「……のど薬?」

指名がかかるほど、実績があるであろう棘だ。それほどになると、直前でも緊張感なく、日用品の買い物とかできるものなのだろうか……。そんな風に思って頭をひねる憂太。

一方、伊地知は棘が合流すると、気を取り直して説明を再開する。

「…………要は、金をかけた建物に曰《いわ》くが付くと後々《あとあと》面倒なので、今のうちに祓ってくれとのことです」

「しゃけ」

「では、〝帳《とばり》〟を下ろします――」

そう言って伊地知は眼鏡《めがね》を上げると、その手で五条も作っていた独特の手印を結び、掲げる。

「――御武運を！」

そうして、小学校の時と同様、商店街は夜闇に包まれた。

しぃん、と静まり返った空気の中、無人の寂びれた商店街を行く。

満ちた空気はどこか冷たく、帳に遮断されたその場所はまるで異界の街だった。

「……呪い……。低級の群れ、って言ってたよ」

「明太子」

心配するな、とでも言いたいのか――そう口にして、棘は歩き出す。おっかなびっくりの足取りではあるが、憂太もそれについていく。

照明の切れた天井に、スプレーで落書きされたゴミ箱、錆《さ》びたシャッター。

それはまさしく〝死んだ土地〟と思える様相。壁に備えられた消火栓の赤色灯だけが、ぼんやりと光を放っていて、それが余計に不気味に思える。とはいえ、少し歩いた時点では特に変わったことはないように見える。

ところが、不意に棘が立ち止まった。

合わせて立ち止まった憂太は、何かヒソヒソとした話し声を耳にした。

『ずるいよ、ママ……』

「……え？」

『お兄ちゃんの方が多いよ……』

まさに、商店街を行く子供が口にしそうな文句。

けれどその場に、人間の子供が歩いている様子はない。となれば、声の主は一つ。

ふと、憂太の視界を、魚の影が横切った。

「……！」

現実感のない光景だった。

商店街の道を、無数の魚が泳いでいる。深海魚のようにギョロリと目玉が飛び出したグロテスクな魚の群れ。さながら、悪夢の中の水族館のような景色が広がる。

ぱくぱくと口を動かしながら、喋《しゃべ》り続けるのはその魚たち。

『いいじゃん、ダブリは交換しよう』『金木犀《きんもくせい》の香りだぁ』『迷子のお知らせです』『みんなで渡れば怖くない』

会話になっているようで脈絡のない無数の言葉たちは、この商店街に染みついた人々の思念か。五十四、百匹……いや、もっと、もっと。魚たちは泳ぎ、群れて、やがて憂太たちの頭上へと集まっていく。

まるで一つの生き物になろうとするように、魚群は渦を巻いて濁った球を作り出してゆく。

――呪いは、弱い奴程《やつ》よく群れる。真希の言葉が、憂太の脳裏に蘇《よみがえ》る。

「とは言っても、いくらなんでも多すぎ……じゃ……」

弱い呪霊なら、呪具の一振りであっさり祓える。だが限度というものがある。二体三体であればともかく、天井を埋め尽くすほどに膨れ上がった魚群など、刀でどうこうできるようには思えない。

しかし、戸惑っているのはどうやら憂太だけだったようだ。

「っ！　……狗巻くん!?」

ネックウォーマーを指でずらし、口元を露《あら》わにした棘。

その口元には、〝蛇《じゃ》の目〟を思わせる模様、そして舌には〝牙《きば》〟を象《かたど》った模様。二種を合わせて、狗巻家の呪印を象っている。棘は準備運動とばかりに舌を出し、軽く口を開け閉めすると、憂太を置いて一人、前に出ていく。

それは憂太の目には、あまりに不用意な行動に見えた。

「そんなに近付いたら危な……」

思わずかけてしまった憂太の声を、棘の言葉と、それによる結果が遮った。


「――〝爆《は》ぜろ〟」


たった一言。

その一言で、天井を覆っていた呪霊の魚群が、文字通り〝爆ぜた〟。

衝撃に、呪霊たちの破片が飛び散る。爆風に覆った目蓋《まぶた》を開いた憂太の目には、黒焦げになって落ちていく呪霊たちの死骸が映った。

「……！　これが、呪言……！」

五条の言っていたことの意味を、憂太は否応《いやおう》なく理解した。

言葉に込める呪い。それが狗巻棘の呪術。つまり声の届く範囲であれば、何体いようがお構いなしというわけだ。〝指名〟を受けるのも頷《うなず》けると憂太は感じた。

降り続ける死骸の雨の中、棘はネックウォーマーを戻しながら戻って来る。つまり戦闘態勢を解いたということだ。

「えっ。あ、そっか、もう終わりか」

「ツナマヨ」

——めっちゃ声枯れてる！

えらく掠《かす》れてしまった棘の声に、驚く憂太。けれど同時に合点のいくことがあった。

——あ……だから、のど薬。

確かに、棘の呪言は強力だ。

しかし強いからこそ、その呪言の通り道となる喉《のど》が無事では済まない。大きな力には、それなりのリスクが伴う。それはある意味、憂太にも覚えのあることだった。

と言っても、とにかく一発で〝祓い〟は済んでしまった。

これにて任務は終了。入口へと向かう棘に続いて、憂太も来た道を戻っていく。

が——、

「おかか！」

「どうしたの？」

棘の声に顔を上げた憂太も、すぐに異変に気が付いた。

「……あれ？　本当だ。〝帳〟が上がらない」

憂太は小学校からの脱出を思い出しながら、帳の外へ出ようと手を伸ばした。

「あれ？」

しかし、帳は手を通さなかった。何度かポンポンと触れてみるが、下りっぱなしの帳は壁のように入り口をふさいで、外へ出ることができなくなっている。

「……これじゃあ出られないね……」

いったい、どうしたものか。伊地知に連絡を試みるべきか。

そもそも、帳を下ろす術式の不具合的なものか、何かの手違いか。

それとも――

「……っ！」

「……」

背後に、気配があった。

憂太はハッとして、棘はあくまで冷静に気配へ向かって振り返る。

そこに、一体の呪霊がいた。大きな鼻と牙を具《そな》えた、ゾウのような頭と、胡坐《あぐら》を組んだまま宙に浮いた、サルかヒヒのような体。

その姿も、気配も、明らかに今までの呪霊とは異質だった。


『――ゾんば』


呪霊が指を掲げ、唱える。

同時に、憂太と棘の間に光の柱が出現した。

「……っ？」

突然のことに、憂太はそれを〝攻撃〟だと判断するのが遅れてしまった。そのままでいれば、憂太は広がる光の柱に巻き込まれていただろう。

しかし、棘がそれを許さなかった。咄嗟《とっさ》に憂太を左手で突き飛ばす。持っていたのど薬がその拍子に吹っ飛んでいく。

「わっ！」

次の瞬間、光に沿って、衝撃が地面を圧《お》し潰した。

憂太をかばい、柱に突っ込んでいた棘の左手から、ペキッ――と嫌な音がする。指が小枝のようにひしゃげ、折れていた。

「狗巻くん！」

――僕をかばって……！

憂太の目に映る、痛々しく捻《ね》じれた棘の指。尋常な痛みではないはず。

だが痛みに呻《うめ》くこともなく、棘は目の前の呪霊を見据えて再び口元を解放する。

「〝捻《ねじ》れろ〟」

意趣返しのような呪言。

呪霊の左腕が棘の何倍にも激しく捻じれて、バキバキと折れていく。憂太が先ほど見た通り、呪言は極めて強力だ。

だが、依然としてリスクもある。

「――――ッ！　ゲホ、ゲホッ、ゲホッ……！」

呪言の連続使用。

その代償が一気に棘を襲い、喉に激痛が走った。粘膜《ねんまく》を焼くその痛みは、指の物理的な骨折以上に耐えがたい苦しみとして棘を襲う。

そして呪霊はその隙を逃さなかった。再び、今度は棘の頭上に光の柱が出現する。

「っ！」

間一髪《かんいっぱつ》、今度は憂太が棘を抱えて横っ飛びにそれを避ける。

かろうじて避けはしたものの、背後で爆音。商店街のタイル床が、あっさりと砕け大穴になる。

「なになになに！　なに!?　アレ!?」

なんとか棘に肩を貸しつつ、狭い路地に逃げ込んだ憂太だったが、安心とはまったく程遠い状態だった。なにせ、帳は下りたまま。逃げることもできない。

「呪いっ……低級って言ってたのに！　話が違くない!?」

サイズこそ、人間より少し大柄な程度。

しかし憂太から見てもハッキリと〝ヤバい〟気配を感じた。小学校で戦った巨大呪霊よりも、先ほどの呪霊の方が危険だと分かる。

路地の先を抜け、なんとか商店街の二階通路までたどり着くと、ようやく憂太たちは腰《こし》をおろすことができた。

「……そうだ！　狗巻くん、ケガ……指大丈夫!?　わ…痛そう…」

「じゃけ」

「ああ！　そんな、下手にイジんない方が……」

痛々しく捻じれた指を握り、力ずくで戻す棘を制する憂太。

そこで、改めて気が付いた。その負傷がどうしてできたものだったか。

「……ごめん」

――僕のせいだ。

棘は攻撃に反応できていた。しなくてもいい負傷をしたのは、憂太を突き飛ばしたからであるのは、違いない。

いいや、ならば落ち込んでいる場合ではない。憂太は憂太にできることをしなければならないのだ。まずは手摺《てすり》から顔をのぞかせ、一階にいる呪霊の様子をうかがう。

追ったり、憂太たちを探っている様子はない。ただ、相変わらず浮かんだまま、そこにいるだけだ。ならば、助けを呼ぶ時間は十分にある。

「伊地知さんに連絡を……」

そう言ってスマホを取り出し、操作しようとする憂太。しかし、画面を見てその手が止まった。

「圏外っ……なんで……？」

「おがが」

無事な右手で頭上を指す棘に、憂太はその意図を察する。

「……帳のせい……。帳が上がらない以上、祓うしかない……んだよね？」

頷く代わり、棘はすぐさま立ち上がり、歩き出す。

「狗巻くん……！　もう動いて大丈夫なの？」

声を抑えながら尋ねるが、そんなわけがないことは憂太にも分かる。見るからにフラフラとした足取りは、棘の消耗を如実にものがたっている。

それでも棘は、追ってきた憂太を手で制した。

「ごんぶ」

「え……一人で行くってこと？」

「……ゲホッ」

やはり答えることはなく、棘は憂太に背中を向け歩き出す。

相変わらず、フラつく足取り。その背を眺めて――憂太は、初めて棘の言葉が、その奇妙な語彙に込められた思いが、心から理解できた気がした。

「……あ、りが、と、う、狗巻くん……」

――ありがとう？

憂太の言葉に、棘の胸中には驚きが芽生えた。

なぜなら、それは……棘の思いが誤ることなく、憂太へと伝わった証。棘と憂太の間で、会話が成立したことに他ならない返事だったからだ。

呪われた言葉しか吐けない棘の、自由な意思の疎通もままならない呪言師の、捻じれた語彙に込めた思いが――憂太に届いた。

かけてきた言葉は、憂太を気遣う思いだったのだと。

そして、届いた上でなお、憂太は返すのだ。

「でも、大丈夫だよ」

今度は、憂太の言葉が伝える番。

「二人で頑張ろう！」

背負っていた刀袋を外し、意気込む憂太。

その、まだ少し緊張している横顔を……棘はパチパチと瞬《まばた》きしながら、しばし見つめていた。


呪霊は憂太たちと交戦したあと、その場で静かに浮かび続けていた。

憂太が観察した通り、その呪霊には積極的に人間を追いかけて襲うような性質はなかった。左腕を捻じられたというのに、報復に怒り狂うこともなかった。

帳が上がらないのならば、商店街の出入り口付近に陣取るだけで、憂太たちには十分に脅威となる。戦いを避けられない状況だから存在するだけで厄介。そういう意味では、封鎖されたこの状況に誂《あつら》えられたような呪霊だった。

小学校の呪霊より強力だが、ある意味では静かなタイプと言える。

だからその呪霊は、憂太たちが姿を隠した後は、再び彼らが姿を現すのを悠然と待っていたのだが……。

『オ？』

背後に気配を覚え、呪霊は浮いたままくるりと振り向いた。

そこに居たのは――、

『――やっちゃえ、ゆうたぁぁぁぁぁあああああああ』

禍々しくドス黒い、瘴気《しょうき》の塊。

刀を抜いた憂太と、呪力となって溢《あふ》れ出した里香が、そこに居た。

里香は決して、小学校の時のように完全顕現したわけではない。それでもなお、憂太がその呪力を刀に移しただけで、そこに存在する他の呪いを飲み込んでしまいそうな存在感が、周囲を侵食しつつあった。

『オ、ォォ、オオオオオオオオオオオオオ！』

その気配に対し、呪霊は空気を震わすほどに吠《ほ》えながら、後ずさった。

強烈な威嚇。

棘に攻撃された際とは比べ物にならないほど、呪霊は猛《たけ》り狂った。怒り――というより、それは危機感の芽生え。

「怒った！　なんで？　ただでさえおっかないのに……！」

憂太には分からないことだったが、取るに足らない人間相手であれば、呪霊はここまで激しい敵意を露わにすることはなかった。

里香を危険視するからこその防衛本能。それが呪霊に戦闘態勢を取らせた。折れていない右手を掲げ、手印を結ぶ構え。棘を負傷させた、あの術式が来る。

憂太もまた、刀を構えた。

「……目を離すな。足を止めるな。刀に、呪いをこめる……！」

左手で刀の峰を撫《な》でながら、薬指に嵌《は》めた指輪の呪力を移し、刃を包むように纏わせ、コーティングしていく。

先に仕掛けたのは、呪霊の方だった。

手印を掲げると、あの光の柱が出現し、即座に地面を破壊した。棘の時よりも攻撃の発生が早くなっている。

しかし憂太の体は、十分にそれに反応し躱してみせた。

攻撃に移る呼吸を読み、回避のタイミングを計る。真希と行った訓練の成果は実践でも十全に現れている。

追って来る光の追撃を躱し続け、商店街の道を駆けながら、憂太が心に思うのは呪霊への怒りや戦いの恐怖ではなく、ようやく理解できた学友のことだった。

――狗巻くんは優しいんだ。

今度は横から飛んできた光を、憂太はくぐるようにして避ける。

当たれば骨をへし折るほどの威力を持つ、呪いの光。その威力を前にして、かばわれた時のことを思い出す。

――不用意に人を呪わないために、呪いのこもらないおにぎりの具で話してるんだよね？

道端のゴミ箱を足場にして、光を飛び越えるように宙へ躱す。

――今日だって助けてくれた。危険から遠ざけようとしてくれた。

一瞬でも気を抜き、選択を誤れば終わるような攻防の中で憂太は思い出す。商店街へ向かう前、高専の出立口でのこと。

自分の心配ばかりに注意が向いて、気づけなかったが、今なら分かる。あの時、棘が憂太の肩を叩いた意味が。

――あの時も、緊張してた僕に、気を遣ってくれてたんだよね？

大きく宙を跳んで、憂太はついに呪霊に接近し、その左後ろを捉える。

呪霊が振り向くと同時に、憂太の刃が届く。切り上げの一撃。

しかし呪霊も咄嗟に掌《てのひら》でそれを受ける。傷は与えたが大したダメージにはなっていない。

浅い――というより、呪霊が硬いのだ。

そしてダメージが期待より少なかったということは、呪霊に即座の反撃を許すという意味でもある。憂太が刀を振りきった直後の隙を、光が襲う。

「ッ！」

かろうじて、首をひねるようにして直撃を躱す。

攻撃が憂太の頭をかすめた。だがそれだけで、重い鈍器で擦《かす》られたような重い衝撃が襲った。切れた額から、左目を覆うほどの出血。

たった一度、攻撃を当てて、当てられただけで、ハッキリと感じるのは土台のスペック。

攻撃力も、防御力も、違いすぎる。話になっていない。憂太が刀で数十回攻撃を当てたところで、呪霊の攻撃が一発まともに入れば終わる。

つまり、

――僕はまだ、この呪いに敵《かな》わない。

導き出されるのは単純な計算。

三か月間、呪術高専で呪いを学び、武術を学び、真希と繰り返した訓練は憂太に戦闘の感覚を身に着けさせた。

理解が深まったからこそ分かる、実力差という残酷な現実。

――でも！

〝憂太の勝利〟は、目的ではない。

呪霊へ向けて、憂太は駆ける。接近したところでまともな攻撃手段はない。

だが、五条は言ったのだ。憂太はサポートとしてついていけ、と。ならば行うべきは、里香に頼ることでもなく、不相応な勝負を挑み続けることでもない。

ただその瞬間、為《な》すべきことを為し続けること。

――狗巻くんの優しさには、絶対に応える！

浮かぶ呪霊の足元を滑りぬけながら、憂太が拾ったのは――棘が落としたスプレー型の、のど薬。

「狗巻くん！」

名を呼びながら、しっかりと握り締めた薬を、力いっぱい頭上へ放り投げる。

それを、二階から飛び出した棘がキャッチした。

そう。最初から目的はそれだった。憂太は自分の実力を過信することなく、棘に託すために動き、棘は憂太が薬を拾ってくるのを信じ、待っていた。

——二人で頑張ろう。

その宣言通り、二人はお互いを信頼した。

棘は落下しながら、スプレーの蓋を力ずくで外し、ボトル部分に直接口をつけて一気に薬を喉へと流し込んでいく。荒療治だが痛みは引く。

着地と共に、呪霊の放った光が棘を襲った。

だが、当たりはしない。攻撃を読み切り、棘はバク転でその場から飛び退《の》き、目を見開いて呪霊を見据える。

その喉の癒えは、憂太が運んできたものだ。

ならば今度は、棘の番だ。歪《ゆが》んだ言葉しか吐けない棘の思いを、受け取ってくれた憂太のために——呪いの言を以《もっ》て、それに応える！


「——〝潰〟——〝れ〟——〝ろ〟」


瞬間、術式が空中を迸《ほとばし》った。

声は空気を震わせて、呪言は空間を伝う。そして——

『ば——？』

断末魔の声もあげることなく、呪霊の姿は文字通り、捻じり潰された。

ブチュンッ、と湿った音がして、血しぶきが散る。込められた思いの強さ故か、その威力は凄《すさ》まじかった。

あまりの破壊力に、憂太は思わずぽかん、として見つめていた。

「すご……」

「高菜！」

あっけに取られた憂太の元へ、すぐに棘が駆け寄ってくる。

相変わらず、発される言葉はおにぎりの具。けれどそれが心配の言葉であることを、憂太はもう分かっている。

「あっ、大丈夫大丈夫。カスっただけだから」

頭から流れる血を、袖で拭う憂太。額からの出血は多量になりがちで、見た目こそ派手だが、確かにダメージはそこまででも無かった。

そんな憂太の様子を見て安心した棘は、すっ、と手を掲げてみせる。

「しゃけ」

「……うん、お疲れ！」

今度は、掲げたその手の意味を、憂太も間違わなかった。パンッ、と軽快なハイタッチの音が商店街に響いた。

もう、近くに嫌な気配はなかった。

ヒリつくような緊張感も、おどろおどろしい寒気《さむけ》も感じない。憂太は棘と共に商店街の出口へと向かっていく。

思うのは、自分の目的と、これからのこと。

今回の戦いでも扱った憂太の呪力は、あくまで里香から刀に移したもの。

目的を成し、里香の呪いを解いたら、憂太はもう普通の人間。呪術高専にいるべき人間ではなくなる。

――それまでに、少しでも皆の役に立ちたいな。

怖い思いをして、痛い思いをして、以前だったら逃げ出したくなるような目に遭って、なお憂太が思うのはそんなことだった。

ずっと独りでいたなら考え付きもしなかったこと。

学友がいるから、少しだけ強くなれる。

「……あ。〝帳〟、どうしよう！」

「……」

そういえば、呪霊を祓えば解けると思っていた帳が、結局上がっていない。

困った顔で尋ねる憂太に、棘もこればっかりはお手上げ。返事をするためのおにぎりの具も無かった。

確かに、その場にもう、憂太たちを襲う者はいなかった。

だが、そこにはまだ――二人の様子を、梁《はり》の上から見下ろす男がいた。

「――残念、噂《うわさ》の里香ちゃんを見にきたのに。同じ〝特級〟、早く挨拶したいなぁ」

憂太たちは男の姿に気づかない。

だが一目見れば、それが敵であることは感じられただろう。

なぜならその男は、呪霊を〝飼って〟いたからだ。まるで蛇のごとく、肩にまとわりつかせた細長い呪霊から、男は何かを吐き出させた。

「落とし物も、届けなきゃだし」

呪霊の涎《よだれ》にまみれたそれは、小学校で落とした、憂太の学生証。

そこに刻まれた〝特級〟の文字と見比べるように……男は静かに、憂太の姿を眺め続けていた。

「──棘の〝呪言〟はなァ、生まれた時から使えちゃったから、昔はそれなりに苦労したみたいだ」

高専の廊下。

窓から見える、校庭の花壇。

そこにいる棘を見つめる憂太に、パンダがそう声をかけた。

あれから、異変に気づいた補助監督らの助けによって帳から抜け出した憂太たちは、こうして普段通りの学校生活に戻っている。

前と変わったことと言えば、憂太からの棘への印象。

それを感じたからこそ、パンダも棘の境遇を話す気になったのだろう。憂太と並んで、窓の外を見つめながら言葉を続ける。

「呪うつもりのない相手を呪っちゃったりな。境遇としては、憂太にかなり近い」

「！」

「だから、入学当初からオマエを気にかけてたみたいでな」

窓の向こう、花壇に植えられた桔梗《ききょう》の花に鼻歌交じりで水をやる棘。

見落としてしまいそうな小さな草花の様子にさえ気づき、慈しむその優しさも、今の憂太にはハッキリと分かる。

「誤解されやすいけど、善《い》い奴なんだ。これからもよろしく頼む」

パンダがそう言いたくなる気持ちも分かる。彼もまた、棘のことが好きなのだ。

それが分かって、憂太は嬉《うれ》しくて、声を弾ませて返事した。

「うん、僕こそ――」

が、いきなり頭を叩かれて、言い切れなかった。

模擬槍を持った真希がいつの間にか傍《そば》に立っていた。

「オラ、朝練いくぞ！」

「あ、そっか」

棘のことを話していたら、時間を忘れてしまっていた。叩かれた頭をさする憂太。

が、パンダはニヤけた顔を浮かべていた。何せ、当初はあれだけ転校生に敵意を抱いていた真希が、今は進んで憂太を朝錬に誘いに来る。

実際、真希としても以前に比べ、憂太との関係は親しいものになっているのだが、それはそれとしてパンダの視線はムカついた。

「パンダ、何笑ってんだ！　殺すぞ！」

「エー、べっつにぃ～？」

またワチャワチャとケンカが始まりそうだったが、その前に、憂太は真希に聞きたいことがあったのを思い出した。

商店街での戦いで感じた実力不足。朝練を始める前に、呪具使いの真希に尋ねておくべきだと思った。態度こそ一見トゲトゲしいものの、太刀筋《たちすじ》や足運びについてなど、憂太が尋ねれば真希はけっこう丁寧に教えてくれる。

「真希さん、ちょっと」

「あ？」

「刀に呪いをこめるの、もう少しスムーズにやりたいんだけど、何かコツとか——」

「知らねぇ」

しかし、憂太の言葉はピシャリと遮られた。

「呪力のことは、私に聞くな」

「……？」

その真希の様子は、初対面のころの余所余所《よそよそ》しさや、不機嫌さから来るものとも違う、どこか反射的な拒絶に思えた。

——商店街。憂太と棘が戦ったその場所では、高専関係者による現場検証が行われていた。

「商店街内をくまなく捜索したところ、三種類の残穢《ざんえ》が発見されましたっス！　これ以上はもう何も見つからないだろうと、伊地知さんからっス！」

現着したばかりの五条に、報告を行ったのは新田明《にったあかり》。伊地知よりも若手の女性補助監督だ。古株呪術師から新米補助監督まで、呪術に関わるなら知らぬ者のいない実力者への報告に新田も少々緊張気味だ。

「ん、わかった。ありがとう」

「はいっス！」

ビシッ、と元気よく敬礼する新田を置いて、五条はふらりと歩き出す。

予感めいたものは、既にあった。

「――」

商店街に入った瞬間、五条はすぐに何かを感じ取った。

憂太たちと呪霊の戦いの痕を眺めつつ、奥へと歩いていけば、一本の梁のあたりまで進み、そこを見上げる。

そこにはもう、誰も居ない。

だが、確かに残っている。呪力を発した後の痕跡――残穢。

「……………」

その残穢の形に、五条は確かに覚えがあった。

「――申し訳ございません」

夕方。

高専の廊下の一角で、五条に頭を下げる伊地知の額には、冷や汗が滲《にじ》んでいた。

「……検証の結果、何者かが私の〝帳〟の上から、二重に〝帳〟を下ろしていたことが判明しました。加えて、予定にない準1級レベルの呪いの発生……」

報告する本人が、肝を冷やすだけの内容だった。

呪術師の仕事は、常に死と隣り合わせ。危険な任務ばかりだ。うら若き少年少女をそういった現場に送り込むことに、そもそも倫理的問題があるのも否めない。

補助監督の伊地知は、前線に出て戦うタイプの呪術師ではない。

しかしそれでも、呪術高専から子供たちを預かっている身である。常に送り出す少年少女の背中を見つめている彼が、自分の責任を重く見るのは無理からぬことだった。

「すべては私の不徳の致すところ。なんなりと処分を――」

「いや、いい」

だが、五条はその言葉を遮った。

「相手が悪過ぎた」

「……と、申しますと？」

「……」

五条は普段、フザケた態度に見えるが、こういう時に甘い対応をするような男ではない。

「……犯人に、心当たりが？」

「…………」

窓から射《さ》しこむ、赤紫の夕日の中……五条は珍しく、長いこと押し黙る。

しかし、やがてぽつりと、一人の男の名を口にした。

「――夏油傑《げとうすぐる》」

それは、呪術高専という組織にとっては忌むべき名前。

呪術史上有数の実力者にして、高専生徒が過去に引き起こした中でも類を見ない不祥事の当事者。

「四人の特級術師が一人、百を超える一般人を呪殺《じゅさつ》し、呪術高専を追放された――」

二章

「——最悪の呪詛師《じゅそし》だよ」

二章

呪詛師《じゅそし》という存在がいる。

呪いを用いて呪いを祓《はら》い、人の世を守るのが呪術師ならば、人の身でありながら呪いを用いて、人の世に仇《あだ》なすのが呪詛師。

呪術界においては、そういった存在を呪術師とは明確に区別している。

しかし、呪術は呪術。

呪いの被害に苦しむ一般人にとって、呪術師も呪詛師も区別がつく物ではない。呪術というものの秘匿性がこの社会に呪詛師の巣くう土壌を許しており、時には、それと知らずに呪詛師を頼ってしまう者もいる。斉藤母娘《さいとうおやこ》もそうだった。

ある冬の日、斉藤母娘は、とある呪詛師のもとを訪ねていた。

「えーと、お宅の娘さんが霊に取り憑《つ》かれていると……そういうわけだね、サトウさん？」

冬枯れした立ち木に囲まれた、大きな寺社風の建物の中。

通された畳張りの部屋の中で、法衣《ほうえ》の男、夏油《げとう》に——斉藤母娘はさっそく名前を間違えられた。

「あ、はい……いや、私、斉藤です」

「いや、アナタはサトウさんです。私がそう言ってるんだから、サトウの方がいい」

「はぁ」

そんな夏油の態度は、斉藤母にはいまいちピンとこなかったが、娘の方は明らかに嫌なものを感じていた。

そもそも、夏油は斉藤母娘の前に姿を現してから、ずっと横柄にひじ掛けにもたれ、長い黒髪《くろかみ》を揺らし、ニヤニヤとした狐《きつね》のような笑みを浮かべ続けている。

「……お母さん、帰ろうよ」

「でもアンタ、最近まともに眠れてないでしょ」

そう、そもそも母娘が夏油の元を訪れたのは、娘の不眠に悩んでいるがためだった。

確かに、正直参ってきてはいる。だからといって、娘は目の前にいる夏油という男を信用する気にはなれなかった。

次の瞬間までは。

「だからってこんなうさんくさい……」

「刺すような視線を常に感じている」

「……っ!」

その言葉に、娘はハッと夏油を見やった。

「肩《かた》が重く、息苦しくなる時がありますね？　呼吸の仕方を忘れたように。そして——」

娘は混乱していた。

何もかも、話す前から症状を言い当てられている。それも、嫌に具体的に。

「——よく、犯される夢を見る」

こんどこそ、娘はハッキリ動揺した。

夏油は娘に起こっていることを、全て見透かしているようだった。

いや、無理もない。夏油には最初から見えていた。

娘にまとわりつく、おどろおどろしい姿……無数の目を持ち、その視線を全て豊満な肢体に浴びせながら、くびれた腰《こし》をまさぐるように手を伸ばす呪霊の姿。

もっとも、それだけおぞましい呪霊でも、呪力のない一般の人間には輪郭を見ることすら叶《かな》わない。だから娘は、ただただ混乱するばかりだった。

「……なんでそのことを……」

「動かないで」

そう言って、夏油が手をかざす。確かに見た目はおぞましいが、夏油にとっては物の数にも入らない危険度。

この程度の〝処置〟など、一瞬だった。

『おお？』

途端、娘に憑いていた呪霊の体が、ドロリと溶けた。まるで空中で咀嚼《そしやく》されるように、細かく引きちぎれながら夏油の掌《てのひら》へと吸い込まれていく。

形を失った呪霊は、やがて野球ボール大の球体となり、夏油の手の中へ納まった。

それで綺麗《きれい》さっぱり、娘の体から呪いは解かれた。

「えっ、うそ……！　すごい楽に……」

ずっと気になっていた嫌な気配は失《う》せ、肩は軽くなった。今までさんざん体を弄《いじく》り回していた呪霊がいなくなったのだ、当然である。

だが、呪いを感知できない一般人にはそれが分からない。一連の出来事は見えておらず、なぜ楽になったのか、何をされたのかが理解できない。

だからこそ逆に、その母娘には、ただ手をかざしただけで全てを解決してみせた夏油という男が、素晴らしく神秘的で尊い存在に思えた。

やがて、もうすっかり娘が無事になったと分かると斉藤母は深々と頭を下げた。

「本当に、なんとお礼を申し上げていいのやら……」

「いえいえ、困った時はお互い様です。またいつでも頼ってください」

「オホホホホ……。ね、言ったでしょ。仏様のようなお人だった」

「……うん……」

母の言葉に、娘も微《かす》かに頬《ほお》を赤らめ頷《うなず》く。

今までどうしようもなかった悩みをあっさりと解決してくれて、その上きさくな笑顔を向ける夏油の姿は、もはやその母娘にとっては神仏に等しい。おそらく彼女らの目には、夏油の背に後光すら射《さ》して見えるだろう。

それから何度も頭を下げながら去っていく母娘の姿を、夏油は入り口の柱に寄り掛かりながら見送っていた。

「仏様ね……」

にっこりと恵比須顔《えびすがお》で笑っていた夏油の目が、微かに開かれる。

その手には、先ほどの呪霊を圧縮し固めた黒い球体が握られていた。

「……よく分かってるじゃないか、呪術も扱えない猿共《さるども》め……」

「素《す》が出てますよ、夏油様」

そんな夏油に、横から声をかける者がいた。

淡く染めたウェーブロングの髪を揺らすその女性は、菅田《すだ》という。

もうそろそろ〝祓い〟が終わるころかと見計らい、予定されていた会議のために夏油を呼びに来たのだった。

「幹部が揃《そろ》いました。会議室《ミーティングルーム》へ」

抱えていたファイルを開き、書類が揃っていることを確認しつつ顔を上げた菅田は、夏油がしきりに服や体にスプレーをかけているのを見て、首をかしげる。

「……何をなさっているのですか？」

「除菌消臭。皆《みんな》に猿の臭いが移るといけない」

当然のように人間を猿呼ばわりする夏油の言葉に、疑問を抱く者などこの組織には存在しない。

「嬉《うれ》しいなァ。いつぶりかな、全員集合は」

会議室への廊下を行きながら、夏油はホクホクと幼げな笑顔を浮かべる。

「そうだ、久しぶりに皆で写真を撮ろう。一眼どこだっけ？」

「こちらに」

どこに持っていたのだか、立派な一眼レフカメラを取り出す菅田。

夏油はカメラを受け取ると、さっそく菅田を交えて自撮りを始める。パシャパシャとシャッターを切る様は、学生時代から時間が止まったような無邪気さだが、本人たちはノリノリでキメ顔を披露していた。

ところが、そんな調子で気分良くなっていた彼らの元へ無粋な怒鳴り声が近づいてきた。

「――夏油！　夏油を出せ！」

バタバタと走ってきたのは、汗だくになった中年の男。

緩み肥えた体を、ブランド物のストライプのスーツに包んだその男は、見るからに資本主義社会の旨味《うまみ》を啜《すす》って生きてます、と言った風体だ。

呪いに蝕《むしば》まれているその体は、少し廊下を走っただけでゼェゼェと息を切らしていたが、夏油を見つけると、男は目を剥《む》きながら迫ってきた。

「夏油！　貴様ぁ！」

「これはこれは、金森《かねもり》さん。そんなに慌ててどうされました？」

「とぼけるな！　早く儂《わし》の呪いを祓え！　オマエにいくら払ったと思っている！」

「いくら？」

必死の形相の金森に対し、夏油は澄ましたまま菅田に尋ねる。

「ざっと一億とんで五百万ですね。しかし、ここ半年間の寄付はありません」

「あーあ、もう限界かな」

夏油の言葉には、古い家電や家具を買い替えようかと決めた時のような、無機質な諦めがあった。その響きが、金森を不安にする。

「何を、言って……！」

「猿にはね、それぞれ役割があります。金を集める猿と、呪いを集める猿。アナタは前者」

金森は、急激なめまいに見舞われた。

呼吸が苦しくなっていく。

「お金がないなら用済みです」

夏油は手に持ったままだった、呪霊を固めた球を、大きく口を開けて飲み込んでいく。

軽く舌なめずりすると、夏油は男に引導を渡すことにした。

「ふざける、んっ――」

パチン、と夏油が指を鳴らすと、それで終わりだった。

突然、金森の顔面が歪《いびつ》にひしゃげた。金森には、何がなんだか分からなかっただろう。

その顔には、数匹の小さな呪霊が吸い付いていた。

『ちゅう』『ちゅうちゅう』『ちゅうちゅう』

「んん――、ん――ッ！」

やがて皮が裂け、肉がはじけ、液体の吸い上げられる濁った音が響いた。

壁や床に血肉をまき散らし、金森だったものが無惨に転がる。

「……穢《けが》らわしい。本当に同じ人間ですか？」

「だから言っているだろう、非術師《かれら》は猿だ」

嫌悪感を露《あら》わにする菅田に、夏油はそう言いながら歩き出す。

猿の死骸には、もう一抹の興味もなかった。

「時がきたよ、家族達《たち》」

両開きの扉を開けて、夏油は会議室へと現れた。

菅田の連絡通り、既に顔ぶれは集まっていた。

紐《ひも》を携えた異国の呪術師。ソファに悠然とかける筋肉質な男。顔の半分に痣《あざ》を持つ強面《こわもて》の男。それぞれスマホと人形を持った女子高生風の二人組。

誰も皆、夏油と志を同じくする者たち。

平和に仇なす、人の世の敵対者。夏油が家族と呼ぶ、呪詛師たちだ。

「猿の時代に幕を下ろし、呪術師の楽園を築こう」

彼らを見渡し、夏油は謡《うた》う。

自らの掲げる野望。その始まる時が、ついに来たのだと。

「まずは手始めに、呪術界の要――」

そして、まず夏油は、最初の具体的な目的を示した。

「――呪術高専《じゅじゅつこうせん》を落とす」

「どーした、憂太《ゆうた》？」

商店街の事件から、もう数か月。

季節は流れ、冬。乾いた風が吹きすさぶ一年の終わり際。一年生たちで校舎へ向かう途中、急に足を止めた憂太にパンダが尋ねた。

けれど、憂太もその問いに漠然とした答えしか返せなかった。

「……えーっと、なんかちょっと嫌な感じが……」

「気のせいだ」

「気のせいだな」

「おかか」

真希《まき》、パンダ、棘《とげ》。満場一致で気のせいになってしまった。

「ええ？　ちょっと、皆ぁ……」

「だって憂太の呪力感知、超ザルじゃん」

あんまりな扱いに抗議する憂太に、パンダは断言する。真希もどうやら同意見だった。

「まぁ、里香《りか》みたいなのが常に横にいりゃ、鈍くもなるわな」

「ツナ」

あんまりな扱いではあるが、反論できない憂太である。

高専に入学してもう半年。それなりに力をつけつつある憂太だったが、確かに四六時中、里香の呪力を扱っている憂太には、気配に対して勘の鈍いところがある。

——確かに何か、感じたんだけど。

けれど、具体的な根拠を示せない以上、憂太は何も言えなかった。

その時点では、誰も思い至らなかったのだ。

強大な呪力に慣れている憂太だからこそ、強大な危機には敏感だったのではないか、と。

そんな生徒たちの様子を校舎内から見下ろし、大人たちは神妙な顔を浮かべていた。

窓際にいるうちの一人は五条《ごじょう》。

そしてもう一人。髭《ひげ》を蓄え、サングラスをかけた厳《いか》つい中年の男。彼こそが東京都立呪術高等専門学校を管理する学長、夜蛾《やが》正道《まさみち》だ。

窓の外へ視線を向けたまま、まずは夜蛾の方から口を開いた。

「……未《いま》だ、夏油の動向はつかめん。やはり、オマエの杞憂《きゆう》じゃないのか？」

「学長。残念ながら、それはあり得ないです。直接、現場を確認しました」

「……」

「僕が傑《すぐる》の呪力の残穢《ざんえ》を、間違えるわけないでしょ」

それは、普段の五条が示す自信からくる断言とは違っていた。

相手が夏油傑だからこそ——五条悟《さとる》は、そう言い切ってみせる。

「……傑……」

夜蛾もまた、ぽつりとその名を口にした。

夜蛾と五条の付き合いは長い。高専の同僚、呪術師の同志という枠では収まらぬ思いと、過去への理解がある。

だからこそ、五条がそう断言することには、彼が優秀であるという以上に信じるべきものがある。また、夏油が暗躍しているというのなら、夜蛾にも思うところはあった。

「……」

不意に、何かを感じて五条は顔を上げた。

一拍遅れて、夜蛾もそれに気づき、叫んだ。

「——ガッデム！　噂《うわさ》をすればだ！」

それは五条の推測が、的中してしまったことを意味していた。

「校内の準1級以上の術師を、正面ロータリーに集めろ！」

指示を飛ばしながら、駆け出す夜蛾。その内容が示すのは、格別の厳戒態勢。

呪術高専の中を、かつてない緊張感が駆け巡った。


「珍しいな」

呪術高専、正面玄関前ロータリー。

空を仰ぎ見る真希に、パンダと棘も頷いた。

「憂太の勘が当たった」

「しゃけ」

遅れて駆けて来た憂太は、三人につられて空を見上げた。

鳥――。いや、しかし、随分と大きな影。

それがバサバサと羽音を立てて、憂太たちの元へと舞い降りる。ペリカンにも似た姿だが、感じる気配、そしてその巨軀《きょく》は、明らかに普通の生物ではない。式神……いや、呪霊の類《たぐい》であることは間違いない。

そしてその傍らに、漆黒の法衣に身を包んだ男が降り立った。

夏油傑。

呪詛師たちの首魁《しゅかい》は、大胆にも白昼堂々、呪術高専の敷地内へと現れた。

「関係者……じゃねぇよな」

真希が大刀の包みを解く。

「見ない呪いだしな」

パンダが両手にグローブを嵌《は》める。

「すじこ」

棘がネックウォーマーをずらし、呪印を露わにする。

「わー、でっかい鳥」

憂太だけが一人、事態が呑《の》み込めずにボケっとしていた。

いや、他の生徒たちも夏油が何者なのか、判断できたわけではない。だが見知らぬ人間が、目立つ呪霊を携えて現れるという事態が、ただ事でないことは分かっていた。

一方、当の夏油は生徒たちの敵意など意にも介さず、ウンザリした顔で敷地内を見回していた。

「変わらないね、呪術高専《ここ》は」

続いて、ペリカン呪霊の口が開き、何人かの呪詛師たちが降りてくる。

「うぇ～、夏油様ァ、本当にココ東京《とうきょ》ォ？　田舎《いなか》くさァ」

「菜々子《ななこ》……失礼……」

「えー、美々子《みみこ》だってそう思うでしょ？」

会議室にいた女子高生風の二人組。

お団子頭で活発な菜々子と、ショートボブで物静かな美々子。そして、

「んもう！　さっさと降りなさい！」

「アンタさむくないの？」

一人、降り渋る菜々子を叱咤《しった》するオネエ口調の男はラルゥ。

菜々子に指摘された通り、上半身裸で乳首をハート形のニップレスで覆っている。ある意味一番目立つ人物だった。

「アイツら……何……？」

人形を抱いたまま、憂太たちをジロリと見る美々子。

「あー、パンダだー！　かわいー！」

一方、勝手にパンダを撮影し始める菜々子の態度はお気楽なようでいて、どこか横柄さが滲《にじ》み出ている。

夏油をはじめ、その場に現れた誰もが、自分たち以外の存在に払う礼節など持ち合わせていない。その様子に真希たちは警戒心を強める。

シャッターを切りまくる菜々子を煙たがるジェスチャーをしながら、まずはパンダと棘が啖呵《たんか》をきった。

「オマエらこそ何者だ？　侵入者は許さんぞ、憂太さんが」

「こんぶ！」

「えっ!?」

勝手に許さないことになってしまった。

「殴られる前にさっさと帰んな！　憂太さんに」

「ええ!?」

しかも真希までノってきた。呪術高専生徒、悪ノリには定評がある。見る人間が見れば、五条の教育の賜物《たまもの》だと思うだろう。

あっという間に大親分みたいな扱いになってしまい、どうツッコんだものかと戸惑う憂太。ところが、

「——はじめまして、乙骨《おっこつ》くん。私は夏油傑」

「えっ、あっ、はじめまして」

緩んだ空気は、一瞬で吹き飛んだ。

瞬《まばた》きの内、いつの間にか夏油は憂太の眼前にいた。

——速い。

真希もパンダも棘も、その動きをまったく視認できなかった。もしこれが攻撃であったら……生徒たちの頬を冷たい汗が伝う。

ただ一人、やはり憂太だけがピンと来ておらず、呑気《のんき》に挨拶を返している。

「君は、とても素晴らしい力を持っているね」

夏油は馴《な》れ馴れしく憂太の両手を握りながら、甘い声で語り掛ける。

その言葉に関しては、敵意や胡散臭《うさんくさ》さは感じない。本心からの評価だろう。だが、どこか頷いてはいけない違和感を憂太は覚えていた。

「私はね……大いなる力は、大いなる目的のために使うべきだと考える。今の世界に疑問はないかい？」

「……？」

「一般社会の秩序を守るため、呪術師が暗躍する世界さ。つまりね、強者が弱者に適応する矛盾が成立してしまっているんだ。――なんって嘆かわしい！」

「はぁ……」

ピンとこない憂太に、馴れ馴れしく隣に並び、肩に腕《うで》をまわす夏油。

その仕草には、語り掛ける相手と目線を同じくするという演出的な意図がある。数多《あまた》の無知な人間を言いくるめてきた、呪詛師の手管。

憂太へと肩を組みながら、夏油はなおも高らかに演説を続ける。

「万物の霊長が、自ら進化の歩みを止めてるわけさ。ナンセンス！　そろそろ人類も生存戦略を見直すべきだよ」

漠然とした言葉選び。だが何か、素晴らしいことを語っているような雰囲気。聞く者が聞けば、よく分からないうちに信用してしまいそうな高説。

高専生徒たちは未だ、夏油の語ることの趣旨を摑《つか》みかねていた。

憂太は戸惑うばかりだし、真希、パンダ、棘は警戒し続けている。だが結局のところ、夏油が何を言いたいのかは分からなかった。

次の言葉を、聞くまでは。

「だからね、君にも手伝ってほしいわけ」

「……何をですか？」

「非術師を皆殺しにして、呪術師だけの世界を作るんだ」

「——」

あまりにも、さらりと語られたその言葉に憂太は固まった。

——何を言ってんだ？

戸惑いが走った。パンダも、真希も、棘も……そして憂太も、誰もがそう思った。荒唐無稽とか、そういう次元の話ではない。倫理、論理、全てにおいて狂っている。

だが、夏油は当然のようにその理想を語った。

間違っているとも、できないとも疑っていない態度。夏油傑は、心から呪術師と言う存在が、人間に代わるべき上位種族だと、そう言ってみせた。

生徒たちにはそれが気持ち悪く、恐ろしかった。

嫌な緊張感が背筋《せすじ》を伝い、怖気《おぞけ》となって広がっていく。

人の世を守るため、呪術を使い、呪いを払うのが呪術師。その理《ことわり》からすれば、思い浮かべてはならない思想を掲げる男が、そこにいた。

ともかく、この男はヤバい。それが生徒たちの間に生まれた共通認識。

冬空の下に、嫌な空気が満ちる。呪霊を相手取るのとは違う、相手が人間で、絶対に相容《あい》れない存在だからこそ感じる緊張感。

「――僕の生徒に、イカレた思想を吹きこまないでもらおうか？」

それを打ち破ったのは、五条の声だった。

背後からかけられた耳馴染《なじ》んだ声に、夏油はゆっくりと振り向く。

「……悟ー！　久しいねー！」

一瞬目を細めてから、夏油はわざとらしいほどの笑顔を浮かべて応えた。

「まず、その子達から離れろ、傑」

対し、五条は笑わなかった。

その背後には夜蛾をはじめ、高専に属する呪術師たちが集まっている。

２級呪術師、猪野琢真《いのたくま》。五条や夏油の世代を間近に経験してきた、十劃呪法《とおかくじゅほう》の七海建人《ななみけんと》。

五条らにとっては先輩にあたるベテランの１級呪術師、冥冥《めいめい》。

錚々《そうそう》たる顔ぶれが召集され、夏油を睨《にら》み、臨戦態勢をとっている。

現時点で考えうる限りの戦力の投入。

名うての呪術師たちの、ビリビリとしたプレッシャーがその場を満たしていく。生徒たちの目から見ても、普段の事件とはわけが違う事態なのだとハッキリ理解できた。

しかし当の夏油は、そんな連中にはいかにも白《しら》けた顔をしてみせた。それは余裕でもあり、侮蔑でもあった。

「……今年の一年は粒揃《つぶぞろ》いと聞いたが、成程、君の受け持ちか」

夏油にとっては若き才能ある世代の方が、よほど興味の対象になる。

そして、夏油は五条と向き合いながら、その嘗《な》め回すような視線を彼の教え子たちへと移し、一人ずつ挙げ連ねていく。

「特級被呪者《ひじゅしゃ》」

――乙骨憂太。

「突然変異呪骸《じゅがい》」

――パンダ。

「呪言師《じゅごんし》の末裔《まつえい》」

――狗巻《いぬまき》棘。

「そして――」

最後に、とびきり侮蔑に満ちた視線を――禪院《ぜんいん》真希へと向けた。

「禪院家のおちこぼれ」

その言葉はいとも容易《たやす》く、真希の最もデリケートな部分を抉《えぐ》った。

「ッ、テメェ――」

「発言には気をつけろ」

激高する真希の叫びは、しかし、冷たく言い放つ夏油の言葉によって遮られた。

人間が人間を見る視線ではなかった。

「君のような〝猿〟は、私の世界にはいらないんだから」

その言葉に、目に、溢《あふ》れんばかりの蔑みが込められている。夏油にとって心底、真希という存在が下等なものであると、全ての態度が表している。

もし真希が感情に任せて斬りかかれば、次の瞬間、夏油はいっさいの躊躇《ためら》いなく彼女を屠《ほふ》っていただろう。

だが、行動を起こしたのは真希ではなかった。

「ごめんなさい」

肩に置かれたままだった夏油の腕を、憂太は乱暴に振り払う。

「夏油さんが言ってることは、まだよく分かりません。けど――」

そして、夏油を見つめるその瞳には、確かな怒りと、目の前の存在への決別の意志が宿っている。

「――友達を侮辱する人の手伝いは、僕にはできない!!」

「……」

ふぅ、と小さくため息を吐《つ》き、それから夏油は、憂太へ一応の笑顔を返す。

「すまない。君を不快にさせるつもりはなかった」

「じゃあ一体、どういうつもりでここに来た?」

その機を見て、五条が間に割って入った。

憂太を守るように遮る五条に、夏油はニヤリと笑ってみせる。

「宣戦布告さ」

そして、その場にいる全ての呪術師へ向けて、高らかに宣言してみせた。

「お集まりの皆々様! 耳の穴かっぽじってよーく聞いて頂こう。来たる12月24日、日没と同時に、我々は〝百鬼夜行〟を行う」

己らを取り囲む、呪術師たちの真っただ中。

それは、あまりに大胆で、不敵で、大規模な犯行声明だった。

「場所は呪いの坩堝《るつぼ》、東京新宿《しんじゅく》。呪術の聖地、京都《きょうと》。各地に千の呪いを放つ。下す命令は勿論《もちろん》、〝鏖殺《おうさつ》〟だ」

呪術師たちの間に、緊張が走る。確かに空気が張り詰めていく。

「地獄絵図を描きたくなければ、死力を尽くして止めにこい。思う存分、呪い合おうじゃないか」

タチの悪い冗談ではない。

夏油は間違いなく、それを引き起こす。高専関係者、呪術師、生徒たち、誰もが夏油という男の言葉に、それを確信した。

見過ごせるはずのない前代未聞の凶行。対応を誤れば、日本の地図から二つの大都市が消滅する。それは現代呪術界どころか人間社会を揺るがす、未曾有《みぞう》の大規模テロ。

決して許すわけにはいかない。

語られた夏油の思惑に、その場の緊張感がピークに達した、その時。

「あ――――!」

それを破ったのは、スマホの画面を見ていた菜々子だった。

緊張感のない大声に、夏油らの空気が緩む。

「夏油様、お店閉まっちゃう!」

「もうそんな時間か」

そして夏油は、アッサリと退散を決めた。

呪詛師たちは来た時のようにペリカンの口へと乗り込んでいく。

「すまないね、悟。彼女達が竹下通り《たけしたどお》りのクレープを食べたいときかなくてね、お暇《いとま》させてもらうよ」

「はやく──」

「いやはや、あんな猿の多い所の何が──」

急《せ》かす菜々子らに続き、ペリカン呪霊の方へと向かう夏油。

当然、五条がそれを見過ごすはずもない。

「このまま行かせるとでも？」

「やめとけよ」

次の瞬間、夏油の傍《そば》から巨大な一つ目入道の呪霊が姿を現した。

いや、一体ではない。悪鬼、餓鬼、魑魅魍魎《ちみもうりよう》──数多に表現しても足りないだろう、無数の呪霊たちが、一瞬で憂太たちを取り囲んでいる。

「かわいい生徒が、私の間合いだよ」

身構える憂太たち。しかし、まともに相手をしようというには、あまりにも敵が多すぎる。五条らが割って入ったとて、無傷で済む距離ではない。

目と鼻の先にいる夏油を、呪術師たちはみすみす行かせるしかなかった。

「それでは皆さん、戦場で」

その言葉を最後に、夏油はペリカン呪霊の足に摑まって空へと飛び立っていった。

被害こそなかった。だが誰も、何もできなかった。

憂太も、真希も、棘も、パンダも。

空へと消えていく夏油たちの姿を、呆然《ぼうぜん》と見送るほかはなかった。

「……」

五条もまた、無言でその姿を見つめていた。

遠く、遠く、羽ばたく呪霊が小さくなっていく。けれど包帯に覆われた五条の視線はずっと、ずっと、夏油の魂の形を見つめ続けていた。

いつから、そうなってしまったのだろう。

どうして、そうなってしまったのだろう。

そんな答えは五条にとって、夏油にとって――問うまでもなく明白だった。


それは、五条悟と夏油傑が、まだ未熟な学生だったころ。

高専在学時代。

「――〝弱者生存〟、それがあるべき社会の姿さ」

遠い思い出の中の夏油は、あの教室で、確かにそう言っていた。

「弱きを助け、強きを挫《くじ》く。いいかい悟、呪術は非術師を守るためにある」

「それ正論？」

そしてかつての五条は、その甘ったるい主張に頷けなかった。

力に理由や責任を乗せるのは、弱者のやること。才に恵まれ、不遜《ふそん》を許される実力を持つ五条には、夏油の理想論は笑い話だった。

「俺、正論嫌いなんだよね」

同じ教室で学んだあの日、確かに二人の主張は真逆だった。

けれど、確かに同じ青春を過ごし、同じ日々の中で戦い、学び、呪った。二人でいれば、どんな不遜だって、どんな理想だって、押し通せる気がしていた。

その歯車が、ある時、ハッキリと狂った。

任務。護衛。抹消。組織。暗躍。戦闘。敗北。喪失。覚醒。決着。

理想。虚像。現実。醜悪。

犠牲。意味。意義。大義。

選択。

そう、確かあの決別の時も、夏油と五条が言葉を交わしたのは新宿だった。

行きかう人々。雑踏の中。

夏油は歪《ゆが》んでしまった理想を口にし、五条を傲慢《ごうまん》だと言った。

非術師を皆殺しにし、術師だけの世界を作る。無理に決まってると吐き捨てる五条に夏油は言った。

五条悟にならそれができるだろうと。

「——君は五条悟だから最強なのか？　最強だから五条悟なのか？」

「何が言いてぇんだよ」

「もし私が君になれるのなら、この馬鹿げた理想も、地に足が着くと思わないか？」

それを最後に、夏油は五条に背を向けた。

「生き方は決めた。後は自分にできることを精一杯やるさ」

そう言って雑踏の中へと消えていく夏油を、五条は殺せなかった。

気づけなかった。

追えなかった。

止められなかった。

そのころだって、五条悟は最強の呪術師だった。無二の術式、優れた資質。

けれど、五条だけが強くても、駄目だった。

救われるつもりのない人間には、山の向こうへ沈んでゆく夕日のように、どれだけ手を伸ばしても届かない。届かなかった。どれほど強い力でも、たった一人では。

そして、だから――五条悟は、教師となる道を選んだ。


「夏油傑――呪霊操術《じゅれいそうじゅつ》を操る、特級呪詛師」

ホワイトボードを資料が埋め尽くす、呪術高専の一室。

集まった面々に、集積した夏油についての情報を説明する伊地知《いじち》の声が響いていた。

「主従制約のない、自然発生した呪いなどを取り込み、操ります。設立した宗教団体を呼び水に信者から呪いを集めていたようです……元々所持していた呪いもあるハズですし、ここ数年、呪いの報告数が減少傾向にあったことも考慮すると、数《かず》二千というのもハッタリではないかもしれません」

「だとしても、統計的にはそのほとんどが2級以下の雑魚《ざこ》。呪詛師だってどんなに多く見積もっても五十そこらだろう」

そう分析する夜蛾の言葉に、五条が意見を述べる。

「そこが逆に怖い所ですね。アイツが素直に、負け戦を仕掛けるとは思えない」

「ガッデム！」

その懸念に、夜蛾も反論はできなかった。

相手はかつて五条と並び立っていた特級、夏油。呪術師としての実力もさることながら、踏んだ場《ば》数《かず》も生半可ではない。

なんらかの思惑がある。それは否定できない。

「OB、OG、それから御三家！　アイヌの呪術連にも協力を要請しろ」

夜蛾の指示に、呪術師たちにはどよめきが走った。

考えうる限り、最大範囲の協力要請——御三家の名だけでもただ事ではないのに、北方にまで話を通すとなれば、いよいよ徹底的だ。

ここが分水嶺《ぶんすいれい》。呪術師たちの世界、いや、人間の世界が滅ぶか否か。

歴史は今、大きく動こうとしていた。

「総力戦だ。今度こそ夏油という呪いを、完全に祓う！」


「とか……息巻いてんだろうな、あの脳筋《のうきん》学長」

12月24日、百鬼夜行当日。

ビルの上、大通りの歩道、新宿の街には、至る所に呪術師たちの姿があり、呪詛師たちの凶行に対する警戒を行っている。

が――、呪術高専へと続く通路。

夜蛾の言いそうな言葉をなぞりながら、悠々と歩く夏油の姿は、そこにあった。

「お互い本気で殺《や》り合ったら、こっちの勝率は三割ってとこかな……呪術連まで出てきたら、二割にも満たないだろうね」

夏油の見積もりは冷静に、戦力比を計上している。

しかしそれは、まともに正面からぶつかれば、の話だ。新宿と京都に注目を集め、警戒の薄くなった高専への道を行くのは、夏油にとっては散歩と変わらない。

悲鳴を上げる間もなく、息の根を止められた補助監督たちの亡骸《なきがら》が、通路の傍らに次々と増えていく。

「だが、そのなけなしの勝率を九割九分まで引き上げる手段が――一つだけあるんだよ」

そう、それこそが呪詛師たちにも説明済みの、夏油の本当の目的。

「――乙骨憂太を殺して、特級過呪怨霊《かじゅおんりょう》・祈本《おりもと》里香を手に入れる」

最初から、それが夏油の狙いだった。

戦況の前提を覆す、たった一枚のジョーカー。呪霊操術を扱う夏油にとって、里香の存在は〝拾える場札《ばふだ》〟だ。

そして高専の呪術師は、夜蛾も、五条ですらも、それを未だ警戒できていなかった。それは彼らが学生時代の夏油を知っているからこその油断。

それが可能だということを、夏油は誰にも明かしていない。

「学生時代の嘘《ブラフ》をまだ信じているとは、めでたい連中だ。主従制約があろうとなかろうと、首を私とすげ替えてしまえば、呪いなんて、いくらでも取り込めるんだよ」

今回、呪術高専は棘とパンダは前線に出しても、憂太は戦いから遠ざけ、高専内に置いたままにするという判断をしてしまった。

なぜなら憂太は、そして里香という存在は、不確定要素すぎる。

普段、生徒に任せられる〝祓い〟の任務ならまだしも、呪術師と呪詛師の全面戦争という大局。もし戦いの中で憂太が追い詰められ、里香が完全顕現を果たし暴れ回れば、被害の規模は想像を絶するだろう。

「勝率の高い戦《いくさ》で高専が乙骨というカードをきることはない。下手《へた》を打てば敵も味方も全滅だからね」

それは夏油にとっても読み筋だった。

あからさまな、しかし安定策を捨てようのない戦力差を提示し、呪術高専に憂太と里香を使わせない。

「百鬼夜行の真の目的は、乙骨を孤立無援に追い込むこと――」

この戦い。

初手の戦局を読み切ったのは、夏油だった。

「――さぁ、新時代の幕開けだ」

「……なーんか、とんでもないことになっちゃったなー」

呪術高専、一年教室。

憂太は一人、自分の席に腰かけ、天井を見上げていた。

することがあるわけでも無い。

自分の出る幕ではないことも、出てはならないことも説明は受けた。

ただ、夏油一派の起こした百鬼夜行と、それに対応する呪術師たちの全面戦争。そういうスケールの大きな話が、自分の関われないところで起きようとしている。そういう現実がまだふわふわしていて、落ち着かなかった。

その時、けたたましい音を立てて教室の扉が開いた。

「真希さん」

「何してんだ、今週は休講だろ」

真希は足で乱暴に扉を開き切ると、つかつかと歩いてきて、憂太の近くまでやってくる。そして椅子《いす》ではなく机の上に、どっかりとあぐらをかいた。

どうやら、話に付き合ってくれるようだった。憂太は尋ねられたことについて答え始めた。

「いや、なんか落ち着かなくて……寮の人達も、ぜんぜんいないし」

「二年は前から京都に遠征中だったからな。棘は三、四年と新宿でバックアップ。パンダは学長のお気に入りだからな、多分棘と一緒だろ」

「そっかぁ……」

ところが、会話はそれで途切れてしまった。

いや、憂太にも話したいことはあった。しかし真希に聞いて良いものか、躊躇って、憂太は所在なげに視線を落とす。

その様子を察して、真希は自分から途切れた会話の先を始めた。

「聞けよ」

「えっ？」

「気になってんだろ？　なんで私が落ちこぼれか」

「いや……うん……」

――禪院家の落ちこぼれ。

夏油の言葉、憂太は、それがずっと引っかかっていた。憂太から見ればパンダも棘も、そして真希も、等しく大切な学友で、自分より場数を踏んだ呪術師の先輩でもある。

なぜ真希だけが、そう言われなければならないのか。

そもそも呪術師の家系のこと、禪院という家のこと、真希のこと。

憂太はまだ、何も知らない。

「……はい……」

頷いた憂太にひとつ息を吐き、真希は「しょうがねえか」とでも言いたげな顔で、ぽつぽつと話し始めた。

「ウチ……禪院家はな、御三家って呼ばれるエリート呪術師の家系なんだよ。オマエ、呪術師に必要な、最低限の素質って分かるか？」

「えっ、何かなぁ？」

「呪いが〝見える〟ことだ」

「あ、そっか」

呪力や術式や戦闘経験、それら以前の問題だ。

そもそも扱う呪いが見えなければ呪術など使えない。

「一般人でも、死に際とか、特殊な状況で見えることがあるけどな……私はこのダセェ眼《め》鏡《がね》がねぇと、呪いが見えねぇ」

そう言って、真希は眼鏡を外した。

呪力がなくとも呪いが見えるよう処置が施された一種の呪具《じゅぐ》。呪術師としての真希を世界と繋《つな》ぐ小窓。

その眼鏡に限ったことではない。戦いにおいても、真希は自分の呪力にはいっさい頼っていない。頼れないのだ。

「私の呪具は、初めから呪力がこもってるモンで、私がどうこうしてるわけじゃねぇ」

呪力も術式も持たず、呪具に助けられなければ戦えない。

つまり呪術師という基準の中で、真希は普通の人間とさほど変わらない。

夏油の基準では〝猿〟と呼ばれる存在。伝統と血筋を重んじ、封建的な文化に染まった呪術師の社会の中では、その居場所は無いに等しい。

呪力のない呪術師。生まれながらに一般人ではなく呪術師とも呼び難い。

それが、禪院真希の存在している現実だった。

「おかげで家出られたけどな！　飯は不味《まじ》ぃし、部屋は狭《せめ》ぇし、知らねぇオッサンがうろついてっし……本っ当、最悪だったわ！」

清々したとでも言いたげな真希の顔。

しかし憂太の頭の中では、今までの真希の言葉、態度、全てがパズルのピースのように疑問の穴にはまっていく。

──苗字《みようじ》で呼ぶな。

──呪力のことは私に聞くな。

──オマエみてぇに、呪いに耐性があるわけじゃねーんだよ。

全てに、合点が行った。

だからこそ、憂太は不思議だった。

「……真希さんは、どうして呪術師を続けるの？」

「私は、性格悪《わり》ぃかんな」

その疑問に、真希は朗らかに笑って見せる。

「呪いも見えねぇ奴《やつ》が、1級術師として出戻って、家の連中に吠《ほ》え面《づら》かかせてやるんだ。そんで内から禪院家ブッ潰してやる──……んだよ」

憂太の表情を見て、首をかしげる真希。

そんな真希に、憂太ははにかんだように笑い返す。

「いや、真希さんらしいと思って」

その生き方を、憂太は綺麗だと思った。

棘が憂太と似ていたなら、真希は憂太とは真逆。呪いの必要な世界で、呪いと関われずに生まれた人間。けれどそんな境遇に決して負けたりしない。

そう語って笑う真希の姿は、憂太には、冬空に差し込んだ太陽のように見えた。

だから、

「僕は、真希さんみたいになりたい」

「……」

真希の脳裏に、記憶が浮かんだ。

ただ生まれて来ただけで、己を否定され続けて来た日々のこと。

——アンタなんか生まなきゃ良かった。禪院家の恥め！

——皆、真希みたいになっちゃ駄目よ。

母の言葉。大人たちの冷ややかな視線。

呪術師として生き続ける限り、禪院という家を見返すまで、決して消えない血筋という呪い。その記憶が、急速に頭を駆け巡って、そんな全てを——、

「強く真っすぐ、生きたいんだ」

一瞬、憂太の言葉が吹っ飛ばしてしまう。

耳から響いて、胸に落ちて、熱になる。

「僕に手伝えることがあったら、なんでも言ってよ。禪院家ぶっ壊そー……なんて。ははは……」

「……バーカ、一人でやるから意味があんだよ」

「あ」

真希はそっぽを向くと、さっさと机から降りてしまう。

「部屋戻るわ」

「うん、またね」

短い挨拶だけ交わして、真希は教室を後にする。

扉を閉めて、真希は小さく自分に言い聞かせる。

「馬鹿か、私は……」

苦さと、それに対する反骨心。

そんなもので満たされていた胸に、じわりと入り込んだ仄《ほの》かな熱。胸から染みて、首を昇って、頬を火照《ほて》らすその熱を、噛《か》み潰すように奥歯を結ぶ。

「……認められた気になってんじゃねーよ」

そんな小さな承認で、まだ満足するわけにはいかない。


「――闇より出《い》でて闇より黒く、その穢《けが》れを禊《みそ》ぎ祓え」

「！」

「！」

憂太も、真希も、ほぼ同時にその異変を察知した。

教室の窓から外を見る。憂太の目に映ったのは、暗闇に閉ざされていく空。

呪術高専が、闇に呑《の》まれてゆく。

「高専《がっこう》に〝帳《とばり》〟が下りてる！　誰が……どうして!?」

そう、察知はほぼ同時だった。

違っていたことと言えば、例えば経験を踏んだ場数であり、そもそもの気性の違いであったり、覗《のぞ》き込んだ窓の位置であったり、或《ある》いは……教室の中にいた憂太に対し、既に廊下に出ていたからかもしれない。

結果として、真希が先に異変の原因を見つけた。

憂太を待つことなく、たった一人で飛び出し、駆け付けた、高専内への出入り口。

夏油傑は、そこに居た。

もう一歩で、呪術高専の中へと侵入できる。そんなタイミングで現れた真希の姿に、夏油は心底興味無さそうに、言った。

「君がいたか」

「いちゃ悪いかよ。てめぇこそ、なんでここにいる?」

そう問うて、大刀を構えてみせる真希。

相手がただ者でないことは重々承知している。しかし、それでも真希は引くわけにはいかなかった。

見つめなおした自分の原点。見返してやると誓った禪院の家。

そして、たった一瞬芽生えた、芽生えてしまった、己の生き様への肯定感。

その気迫を、真希は大刀の切っ先へと込める。

だが、そうして刃《やいば》を向ける真希の姿も夏油にとっては——、

「悪いが、猿と話す時間はない」

——少し道具の扱いを覚えただけの、〝猿〟にすぎなかった。

『おおぉおおおおおおおおおおおおおおおおおおおおおおおおおおおお——』

新宿の街を埋め尽くしてゆく、蟲《むし》、獣、悪鬼、幽鬼。

津波のごとく襲い来る、強弱大小様々の呪霊たちの行進。

本来であれば、クリスマスイヴににぎわう冬の新宿。魑魅魍魎が、聖夜をまかり通る。

まさしく、百鬼夜行。

人払いの済んだ街中で、相対するは呪術師たち。

「建物、インフラの破壊は可能な限り避けろ。逃げ遅れた一般人がいる可能性もある。見つけ次第避難させろ」

臨戦態勢の呪術師たちに、夜蛾の指示が飛ぶ。

ただ呪霊たちを祓うのが勝利ではない。人の世の営みを守り切ってこそ、呪術師たちの勝利がある。呪術師たちは皆、表情を引き締めて呪霊たちを睨む。

だが、ただ一人。

五条だけが、あさっての方向を見上げていた。

「聞いてるのか、悟？」

「一人、面倒くさそうな奴がいるな」

五条の見上げていた視線の先、離れたビルの屋上。

そこには二人の呪詛師が立っていた。一人は菅田。そして、もう一人。

「成程、アノ包帯カ」

呪詛師の男が、遠い距離を挟んで五条と視線を交える。

褐色の肌《はだ》にサングラスをかけた、異国の呪詛師、ミゲル。

「ええ、他は私達で引き受けます。何度も言いますが――」

「分カッテル。俺ラハ足止メデショ」

菅田の言葉を遮り、ミゲルは笑う。呪詛師たちも皆、勝利条件を理解している。

「ノラリクラリ、夏油ノ仕事ガ終ワルマデ、遊ビマショ」

ミゲルの受け持ちは、五条の相手。

即《すなわ》ち、夏油一派の呪詛師の中でも、一等大役を担うと言える。無論、敵《かな》う見込みがあるわけではない。しかしミゲルには、少なくとも五条を足止めできるだけの、規格外の切り札がある。夏油もそれを見込み、ミゲルを配置した。

敵方にそういう手札があることを、ミゲルと向き合う五条も敏感に察知している。

――この戦い、楽ではないな。

五条は考える。

そう、確かに楽ではない。無数の呪霊に、厄介な呪詛師。普段執り行う〝祓い〟と比べれば、呪術界を震わす大規模戦線。

とはいえ、五条が敗北を危惧するほどではない。思ったより長く粘られて、街の被害が拡大するかもしれない懸念はあるが……それで呪詛師たちが何を成せるというのか。

それで、夏油の歪な理想が実現できるというのか。

そこへ——、

「五条さん！　報告が……」

駆け付けてきたのは伊地知だった。

これから戦場となる新宿の只中《ただなか》、戦闘に向かない補助監督の伊地知がわざわざ来るのだ、火急の報告だろう。

しかし五条は思案に耽《ふけ》ったまま。反応のない五条に、伊地知は首をかしげる。

「……どうされました？」

「いや……」

そもそも、夏油が前線に姿を現さないことが疑問だ。

夏油という男は〝目立ちたがり〟だ。新宿に居ないならば、京都の方かもしれない。だがそれならば、何かしらの連絡があるはず。

疑問は晴れない。それ以上考えるにはまだ情報が足りない。

五条は伊地知の連絡を受けることにした。

「なんでもない。どうした？」

「こんな時にとは思いますが、早い方がいいかと。以前、調査を依頼された乙骨くんの件です」

「……——」

伊地知の報告は、今回の件とは関係なく、五条が個人的に根回ししていたものだ。

だがそれは図らずも、五条の懸念にとって最後のピースとなった。

伊地知の調べた憂太の情報。

姿を見せない夏油。

——だとすれば、不味《まず》い。

「パンダ！　棘！」

五条の近く、呪霊たちの群れを睨んでいたパンダたちは、不意に呼ばれて振り向いた。

「どうし——」

「質問禁止！　今から二人を呪術高専に送る」

「はぁ!?」

疑問に丁寧に答えている暇はなかった。

五条は指で地面に呪印を描き、現状想定される最悪の仮説を伝える。

「夏油は今、高専にいる。絶対多分間違いない！」

「どっちだよ！」

「勘が当たれば最悪、憂太と真希、二人死ぬ！」

「「！」」

「僕もあの異人を片づけたらすぐ行く。二人を守れ。悪いが死守だ！」

伝えられた情報は最低限。

敵の居場所と、二人への指示。そして、考えられる犠牲。

だが、動くにはそれだけで十分だった。

パンダと棘は、視線を交わし、頷いた。

「応！」

「しゃけ！」

次の瞬間、五条は術式を発動させ、二人を高専へと転移させた。

だが五条が二人を転移させる様子は、五条を注視していた呪詛師らにも伝わった。

「まさか！　気づかれた!?」

菅田の動揺に、ミゲルは眉《まゆ》を顰《ひそ》める。

「ダカラ、影武者ノ一人デモ用意シテオケバト……」

「下手なダミーは逆効果。夏油様がおっしゃってたでしょ」

ともかく、事態は呪詛師たちの想定とは違う形で動き出した。

菅田は耳につけたインカムを起動し、待機中の仲間たちに呼びかける。

「美々子、菜々子！」

「なーにー？」

「予定をくり上げます。開戦よ！」

「待ってましたあ！」

インカムの向こうから、気合の入った菜々子の声が菅田へ届く。

そしてミゲルもまた、動き出そうとしていた。


「アンタノ相手ハ俺ダヨ、特級」

幾本も連なった、長い長い縄を構えるミゲル。

それこそ、ミゲルの母国にのみ伝わる呪具。力ある呪術師が、数十年をかけて一本を編み込む呪力の塊。

それを扱えることを見込まれてミゲルは配置された。五条という鬼札を新宿に縫い付ける、夏油一派の生命線。

呪術師の等級は、相性さえ無視すれば、原則として同等級の相手と実力が拮抗《きっこう》する。

本来であれば、同級の相手ができるのは、同級以上。

夏油を除く呪詛師一派の中で、特級呪術師の相手ができるのは、特殊な呪いが編み込まれたその縄を操るミゲルだけ。

だが——一つ、呪詛師たちが甘く見積もっていたことがあるとすれば、〝特級〟とは実力の上限ではなく、〝それ以上は計測不可能〟という、例外等級であること。

その力量に、天井は無い。

まして、相手は単なる〝特級〟ではない。〝五条悟〟なのだ。

その意味を、ミゲルはこれから思い知る。

「――悪いけど、今忙しいんだ」

五条は包帯を外し、その青い瞳を露わにする。

現代最強の呪術師が、呪詛師たちの前に立ちはだかった。


夏油の行動がしっかり把握できないことと、帳を下ろされることを危惧した結果――パンダと棘が姿を現したのは、呪術高専上空。

果たして、五条の懸念は的中していた。

パンダと棘の眼下には、球状の闇に覆われた呪術高専の姿があった。

「〝帳〟が下りてる！　悟の勘が当たったのか⁉」

だとすれば、最悪の事態も在り得るということだ。

憂太と真希が危ない。パンダは棘を伴って、帳へ向けて落下しながらグローブを拳《こぶし》に嵌める。

「俺が〝帳〟を破る！　あとは最短で行くぞ！」

「明太子！」

「おっと」

同時刻、呪術高専敷地内。

夏油は己の下ろした帳の異変を、敏感に感じ取っていた。

「誰かが〝帳〟に穴を開けたな。何事も、そう思い通りにはいかないもんだね」

つまり夏油の狙いに感づいた者がいる、ということだろう。

偽者や影武者を用意してきたわけでなし、気づかれることは想定にあったが、意外と早かった……そういう感想だった。

まあ、相手が五条ならば、夏油にとって不思議な話ではない。この事態を踏まえ、囮《おとり》と足止めの役割を百鬼夜行に担わせたのだ。あとはミゲルがきちんと仕事をすれば、大きな支障はないと言える。

夏油は気配によって、帳の穴を探り、侵入者の位置を読む。

「……侵入地点からここまで五分ってとこか。無視するべきか、片づけておくべきか、迷うね」

相手が凡庸な呪術師であれば、捨て置いてよし。

だが五条が夏油の狙いの、核心に気づいていたなら厄介かもしれない。自分を無視して乙骨憂太の逃走を最優先させれば――、
次の瞬間、轟音と共に近くの壁が砕け飛んだ。

「!?」

爆風の中、白黒の巨体が、殺気に満ちた眼を光らせ現れる。

人知を超えた剛力。重機の如《ごと》き勢いで、パンダはあらゆる障害物を叩き割って夏油の元へと駆け付けた。ただのパンダには、できない芸当。

彼は〝突然変異呪骸〟、パンダはパンダじゃない。

その大胆な戦略に、夏油は多少、眼を見開いた。

――全ての壁をブチ破って最短で来たか!

「やるね」

判断力と、それを実行に移す実力を、夏油は評価した。

しかしそんな評価はパンダには関係ない。夏油を目視した次の瞬間には、その剛腕《ごうわん》を振り下ろす。石畳の地面がビスケットのように砕け散る。

夏油はその一撃を、難なく飛び退《の》いて避《よ》けた。

だが、当たるまで振るえば良い。いかに夏油傑の呪霊操術が強力とはいえ、超至近戦、

格闘という選択肢を与え続ける。それがパンダの戦術だったが――、

「！」

その時、視界に飛び込んできたものが、パンダの思考を一瞬空白にした。

――真希！

やや離れた距離、倒れている真希の姿。大刀と赤く染まった地面。そして、真希の体は
――。

「よそ見」

その隙を見逃してくれる夏油ではなかった。

パンダの横っ面を、鋭い蹴りが跳ね飛ばす。間髪入れず、空中から打ち下ろされる鉄槌《てっつい》のような拳。パンダの巨体が石畳に縫い付けられる。

――コイツ、体術もいけるクチか！

思考の中で、パンダは歯噛みした。五条という存在を間近に見ていたはずだが、実際に相対して初めて分かる〝特級〟という壁。隙が見えない。

だが泣き言を言っている場合ではない。パンダは跳ね起きると、とびかかってくる夏油に対し、巨体を活《い》かしてタックルを見舞う。

大きな質量が地面に叩きつけられ、土煙が上がる。

無論、ただ受ける夏油ではない。地面に叩きつけられるその瞬間、器用にパンダのホー

ルドを外し、脱出していた。

すぐさまパンダに反撃を行おうとする夏油。

しかし、煙の中から現れたその影は、パンダの形ではなかった。

「ほう」

夏油が目にしたのは、興味深いものだった。

パンダの体が、筋肉質に膨れ上がっている。

呪骸の心臓となる核は本来一つ。だがパンダの中には三つの核があり、メインの核を入れ替えることでボディを転換《コンバート》できる。

普段はバランス重視〝パンダ核〟。

そして今は、短期決戦パワー重視〝ゴリラ核〟。

防御不可能の打撃を得意とする、接近戦での切り札。パンダは、パンダじゃない！

区画を仕切る壁の上へ跳躍した夏油を、追ってパンダも跳ぶ。

一度当たれば首が飛びかねない、ゴリラモードの打撃。

その剛腕を避けながら、再び地面に下りつつ、夏油は得意の呪霊操術を使い、パンダの視界を覆うほどの呪霊の群れを放つ。

だが、ゴリラモードにとっては壁にもならない。

パンダは襲い来る呪霊の弾幕を、次々と拳で撃ち落としながら距離を詰める。ゴリラの腕力を用いて呪霊の群れを突き抜けたパンダの視界に、しかし夏油の姿はなかった。

「ワンパターンだよ」

パンダの背後から、夏油の声が響く。

そう、呪霊操術はあくまで目くらまし。いかにパンダの攻撃力が上がったとはいえ、当たらなければ問題はない。

まんまとパンダの死角をとった夏油。

だがしかし、ゴリラとは力強いものであり、同時に知恵ある賢者でもある。そこまで含めてパンダの読み筋だった。

「――フェイントだからな」

「！」

夏油がパンダに接近した瞬間、既にパンダの攻撃姿勢はできていた。

「〝激震掌《ドラミングビート》〟！」

それこそがゴリラモードの真骨頂。

当てたものの内部に衝撃を浸透させる、防御不可能の打撃。直撃すれば、いかに夏油とてひとたまりもない。

切り札を持ち、それを当てるべく戦いを運ぶ。パンダの作戦は、模範的だったと言えるだろう。

相手が〝特級〟、夏油傑でなければ。

「!」

パンダには直撃の感触があった。しかし、それは夏油を殴った手応えではない。

呪霊操術。

夏油は即座に呪霊を召喚し、クッションとして、そして目くらましとして利用した。

いかに〝激震掌〟が大威力といえど、それは〝当たった物の内部を破壊する〟ことが本質。呪霊を障外物として挟まれては、ダメージにならない。

夏油は攻撃を防いだだけでなく、間髪入れずに呪霊を放ち続ける。さながら追尾ミサイルのように、パンダを追って次々と飛来する呪霊。

もちろん、低級な呪霊をいくら放たれたところで、パンダが腕を振るえば塵《ちり》のように吹き飛んでいく。だがその一瞬で夏油には十分だった。

「──おふっ」

鋭い感触が、パンダの胸を貫いた。

打撃ではない、刺突《しとつ》。

呪霊を目くらましに投擲《とうてき》された夏油の刃が、深々とパンダに突き刺さっている。刃物を隠し持っていたのか……いや、違う。パンダはその刃に見覚えがあった。

それは地面に転がっていた、真希の大刀。

パンダの目に灯《とも》っていた、光が消えた。

結局その戦い、全てにおいて上手《うわて》をとったのは夏油だった。

「惜しかったね」

もう聞こえていないだろうパンダに告げる夏油。そう、読み勝ったのは夏油だった。

ただしそれは、パンダと夏油の戦いだけに限った話。

「オマエもな」

「――！」

夏油は一瞬、確かに驚愕《きょうがく》した。核を貫いたのだ。口が利けるはずがない。

夏油は知らなかった。パンダは三つの核を持つことを。

パンダは、普通の呪骸じゃない。

そしてパンダは、独りじゃない。

倒れてゆくパンダの、大きな体の陰から、棘が空中へ躍り出た。

呪印の刻まれた口元は、既に露わになっている。

そう……最初から、全てはこの瞬間のために。

「――〝堕《お》〟――〝ち〟――〝ろ〟！」

渾身《こんしん》の呪言から、衝撃が迸《ほとばし》った。

「――っ！」

声を発することも許さなかった。

その瞬間、夏油の体に何倍、何十倍もの重力が襲った。メリメリと骨がきしむ音が響き、やがて夏油の足元が砕け、地面ごと押し潰されてゆく。

ズン――、と高専全体を揺るがす、強烈な振動。

一際大きな土煙が上がり、その場の地面が陥没した。夏油のいた場所には、クレーターのような大穴だけが残された。

パンダが前衛として引き付け、一瞬のチャンスを掴み取る。その一撃にありったけを込める作戦。棘の持てる呪力を振り絞った、渾身の呪言だった。

かくして、連携作戦は成功した。

だが、安心するのはまだ早い。パンダは慌てて棘へと駆け寄っていく。

「棘！　大丈夫か!?」

ぼたぼたと、大量の血を吐いてうずくまる棘。

元より代償として喉《のど》を蝕む呪言。棘は格上の相手に一撃で勝負をつけるべく、強い効果を発する言葉を選んだ。故に反動も大きい。喉の奥はズタズタになっている。

パンダも核を一つ潰された。だがそれほどの代償を払い、夏油が本気を見せる前に畳み

かけなければ、とても勝てる戦いではなかった。

「い……ぐら」

「ああ、まずは真希……」

激痛に喉を焼かれながらも、棘の言葉は自分よりも友達のことを心配している。パンダも頷き、棘と共に真希の方へと近づいていく。

出血は少なくない。足も痛々しく妙な方向へねじ曲がっている。

「真希、大丈夫か!?　真希!」

「たかな……」

パンダはゆっくりと、真希の体を抱き起こす。

酷《ひど》い有様だが、ガハッ、と苦しげな咳《せき》が返ってきた。血を吐いている。傷は深い。けれども、まだ真希は死んでいない。

その様子に、パンダと棘はホッと胸を撫《な》でおろした。


「まだ……だ……」

その時、安堵《あんど》という毒がパンダと棘の思考を一瞬支配していた。

真希がなぜ、吐血交じりの咳まで零《こぼ》して、口を開いたのか。その理由を考えるには、もう決定的に時間が足りなかった。

「――」

真希を抱える、パンダと棘の背後。棘の呪言が開けた大穴が広がっている。

その深淵とも呼べる、深い深い穴の中から――無数の呪霊の気配が、洪水のように溢れ出した。


その日、呪術高専の校舎を、何度も揺れが襲った。

棘の呪言が引き起こした振動。その後にもう一度大きな揺れがあって、流石《さすが》に憂太も、外の様子を確認せずにはいられなかった。

窓から覗くと、高専敷地外へ続く門のあたりが盛大に破壊されている。次《つ》いで、教室で別れてから、真希の姿をずっと見ていないことに気が付いた。

刀を携え、憂太は走った。

考えたくない嫌な予感が、止めどなく湧き上がる。

早鐘を打つように暴れる鼓動を抑えながら、異変の地点へと走っていく。

そして門を通り、憂太がその場に駆け付けた時、もう、全ては済んだ後だった。

「――素晴らしい！　素晴らしいよ！」

夏油傑だけが、その場に立っていた。

「私は今！　猛烈に感動している！　乙骨を助けに馳《は》せ参じたのだろう!?　呪術師が呪術師を、自己を犠牲にしてまで！　慈しみ！　敬う！」

両手を広げ、己の目にした尊ぶべき光景に叫んでいる。

夏油の理想、その縮図。夏油は感涙に咽《むせ》び泣き、そして笑う。

「私の望む世界が、今、目の前にある！」

結論から言えば、棘の放った渾身の呪言は――なんら、夏油の脅威にはならなかった。

ほんの数秒、生き埋めにされた夏油は、何一つ問題なく穴から這《は》い上がり、棘たちの前に再び姿を現したのだ。そこからは、蹂躙《じゅうりん》だった。

消耗らしい消耗も見せなかった夏油と違い、棘もパンダも、呪言の一撃に繋げるまでに力を振り絞った。棘たちにはもう、何も抵抗の手段がなかった。

だから憂太が駆け付けた時、無惨な光景だけが待っていた。

破壊された壁。砕け散った石畳。

そして――……。

「……真希さん？」

糸の切れた人形のように、倒れた真希。

ボロボロの顔、ねじ曲がった脚、衣服を染める、命が零れていくような血だまり。

残酷な現実が、瞳の映した光景が、憂太の思考をショートさせる。

――家の連中に吠え面かかせてやるんだ。

少し前に交わした会話。逆境の中でも強く、朗らかに笑う真希の笑顔。

憂太は、あんな風に生きたかった。

新しい記憶と古い記憶が、一遍に脳裏を駆け巡る。呪術高専に来てから、最初は怖くて、でも強くて、真っすぐな姿に憧れた。ほんの一年足らず。けれど憂太がようやく手に入れた、笑顔でいられる青春の中で、真希はずっとそこにいた。

あの凜《りん》とした笑顔が、今はない。

「本当はね、君にも生きていて欲しいんだ、乙骨」

夏油の声が、その場に響く。

「でも全ては、呪術界の未来のためだ」

憂太の魂には届かない、聴こえない。

視線を振れば、白黒の大きな塊が転がっている。千切れた縫いぐるみのように痛々しい、こぼれた綿。

「……パンダくん……」

いつだって、パンダは憂太に優しかった。温かで、大きなその手。

真希に図星を突かれた時はかばってくれて、たまには冗談なんかを言いあって、真希のことも棘のことも、パンダはいつも見守っていた。

人間よりも表情豊かで、悪ノリなんかもするけれど、本当に普通の学友みたいで、憂太はその関係が嬉しかった。憂太にとっての賑やかな日常の象徴。

そして、

「……ゆぅだ……」

「！」

聞こえて来た声に、憂太は振り向く。そこに、棘が倒れていた。

やはり体中ボロボロで、でも何より、その枯れた声と口に残る血の痕が、棘がどれほど力を振り絞ったのかを表している。

憂太は知っている。棘の呪言が苦痛を伴うことを。その痛みを堪《こら》えてでも、人のために戦ってしまうくらい優しいことを知っている。

パンダが教えてくれた。棘も憂太と同じ、不用意に人を呪ってしまう呪言に悩まされていた。その痛みを伴う呪言を、忌まわしい呪言を使ってどれほど無理をしたのか。

「狗巻くん……」

喉を開くだけでも激痛が走るはずだ。なのに棘は憂太の名を呼んだ。

――もう、喋《しゃべ》らないで。

憂太がそう伝える前に、棘は焼け爛《ただ》れたその喉から、微かな声を絞り出した。

「……逃…………げろ」

ぶつん、と憂太の頭の奥で、何かが外れる感覚があった。

「――っ」

それが憂太にとって、最後の引き金だった。

棘はいつだって優しかった。呪われたその喉で、焼け爛れたその喉で、それでもなお紡いだ言葉は、最後まで憂太のためのものだった。

狗巻くんをこんな風にしたのは誰だ？

パンダくんを痛め付けたのは、誰だ？

真希さんを、猿と呼んだのは、誰だ？

夏油傑とは、何様だ。

こいつは誰だ。こいつはなんだ。大義とはなんだ。未来とはなんだ。僕のせいなのか。お前のせいなのか。どうして、なぜ、なんのために、何を成して、何を思って、なんの権利があって、何様のつもりで、何故《なぜ》皆が傷ついて、何故こいつは嗤《わら》って、何故こいつが生きている。何かが間違っている。何もかもが歪んでいる。何が、何が、何が、何が。

後悔噬臍《こうかいぜいせい》、悲傷憔悴《ひしょうしょうすい》、怒髪衝冠《どはつしょうかん》、意趣遺恨《いしゅいこん》、切歯扼腕《せっしやくわん》、千恨万悔《せんこんばんかい》、艱難辛苦《かんなんしんく》、狂瀾怒濤《きょうらんどとう》。

怒り、悲しみ、嘆き、悔い、恨み、憤り、蔑み、苦しみ、敵意、殺意。

感情の名前一つでは、とても表せない漆黒の衝動。魂が放つ、最も深く邪悪な情動。

数えきれない負の念が、濁り混ざって、黒になる。

その闇より深い色の名を、憂太は心底、知っている。

「――来い!! 里香!!」

この世界はそれを、〝呪い〟と呼ぶのだ。

記録――2017年12月24日。
特級過呪怨霊・祈本里香、二度目の完全顕現。

そして乙骨憂太は、生まれて初めて、心から望んで人を呪った。

「ブッ殺してやる」

四章

「君を殺す」

憂太《ゆうた》の剝《む》き出しの殺気に、夏油《げとう》もまた、そう答えた。

そこからの戦いは、まさしく次元が違っていた。

『おぉぉおおおおおおおおおおおおおおおおおおお』

夏油の呼びだした無数の呪霊が、高専の建物を破壊しながら迫る。

塀を砕き、屋根瓦を散らしながら、醜悪に肥大した赤子のような姿の呪霊たちが、怒濤《どとう》となって憂太へと迫る。

「まずは質より量。どう出る？　呪いの女王」

小手調べとばかり、放った呪霊たちの行方《ゆくえ》を眺める夏油。

しかし里香《りか》を顕現させた憂太は、彼自身も驚くほど、冷静に、的確に行動した。怒りのピークが突き抜けた頭は、むしろ、シィンと冷えている。

呪霊を踏みつけ、足場にして跳躍した憂太は、まずは刀で呪霊たちを薙《な》ぎ払う。

その斬撃で仕留め漏らした呪霊たちを、里香が一撃で消し飛ばす。

たった二手で、その呪霊たちは綺麗《きれい》に片づけられた。

しかし憂太の目的は、単なる迎撃にとどまらなかった。呪霊たちの群れを片づけた憂太は、そのまま里香と共に宙を舞い、高専建屋のひとつ、五重塔を模した建物の、そのワンフロアへと着地する。

「里香」

里香の左手には、黒い繭《まゆ》状のものがぶら下がっていた。里香は憂太の指示に従い、それを床へと下ろす。

破れた繭の中には、真希《まき》、パンダ、棘《とげ》が収められていた。憂太の目的はまず、夏油を倒すことよりも、彼らを安全な場所へ逃がすことだった。

しゃがみ込んだ憂太は、改めて三人の負傷を確認する。

三人とも、酷《ひど》い怪我《けが》。特に真希は一刻を争う状態だった。

「――死なせない！」

憂太が手をかざすと、淡い光が三人を包み込む。ほどなくして、ヒューヒューと、か細かった真希の呼吸が穏やかに安定する。

反転術式《はんてんじゅつしき》。負の力である呪力を己の中で掛け合わせ、正の力として怪我や不調を治癒する技術。

呪術師の中でも扱える者の少ない高度な芸当を、憂太は難なくやってのけた。

――これで、ひとまずは安心。

そう思った憂太の視界を、急に里香が横切った。

「！」

憂太はその行動に目を見開いた。里香の手には、真希の体が握られていたからだ。

『ずるい、ずるい……』

里香の行動の理由は、なんの不思議でもない。

それは嫉妬だった。呪いと化し、人としての理性を無くした里香にとって、憂太への愛情が行動原理の全て。その里香にとって、憂太が真希という女子に向けた感情は、許しがたいものだった。

『……お前ばっかり！　ズ前ばっかり！』

巨大な呪霊をも引き裂くその腕《うで》で、里香は真希を鷲掴《わしづか》みにしたまま唸《うな》る。

「何をしている、里香」

しかし里香は、その低く冷たい声に動きを止めた。

「その人は、僕の恩人だ」

『……お……』

「蝶《ちょう》よりも、花よりも、丁重に扱え」

『あ……あ……』

——怒っている。憂太が、怒っている。

その声に込められた感情は、向けられた視線は、里香にとってどんなものより恐ろしかった。

『――ごめんなさい、ごめんなさい！』

里香は慌てて真希を放し、憂太の腕に預ける。

目のない頭からは、ぼろぼろと涙すら流している。大きな鬼の如《ごと》き姿でオロオロと狼狽《うろた》える様は、今やかつてと同じ幼い少女のようだった。

『怒らないで……』

「怒ってないよ」

『嫌いにならないでぇ……』

「嫌いになんて、ならないよ」

泣きじゃくる里香を優しくなだめながら、憂太は真希を下ろすと、塔の欄干から眼下を見下ろす。

「僕らの敵は、アイツだよ」

その視線の先には、こちらを見上げる夏油がいる。

里香は憂太の視線を追って、それから尋ねた。

『……憂太、アイツ嫌い？』

「あぁ、大嫌いだ」

『じゃあ……里香も嫌いぃいいい゛』

突き抜けた殺意から成ることとはいえ、今の憂太の精神は、里香を完全にコントロールしていた。

憂太は仲間たちの安全を確保すると、里香を伴い塔から降りてゆく。

夏油はそれを見上げながら、彼らを迎える。

「おかえり」

「なんで攻撃をやめた？」

「呪力による治癒には、高度な反転術式を要する。君の意識を少しでも、そちらに割かせた方が得策だろう。続きを始めようか？」

夏油は手をかざし、百足《むかで》のような呪霊を呼び出すと、あっという間にその呪霊の群れで周囲を埋め尽くしていく。

憂太はその様に、冷めた視線を向ける。

「里香、アレをやる」

憂太が手を差し出すと、そこに里香が手をかざす。その掌《てのひら》から拡声器のようなものが現れ、憂太の手に握られた。

刻まれているのは〝蛇《じゃ》の目〟と〝牙《きば》〟の印。それを見て、夏油は驚愕《きょうがく》に眉《まゆ》を顰《ひそ》める。

――あれは――。

「狗巻《いぬまき》家の呪印！」

すかさず、夏油は呼び出した呪霊の群れを、憂太へ向けて放った。ゾゾゾゾ、と無数の百足が地を這《は》い、壁を昇り、津波のようになって憂太へと迫る。

しかし憂太は動じない。すぅ、と深く息を吸い、拡声器に口を当てる。

そして後は、棘がそうしたように、唱えた。


「――〝死ね〟」


次の瞬間、全ての呪霊が同時に破裂した。

それはまさしく、商店街の呪霊に見舞った、棘の術式の再現のようだった。

「……素晴らしい」

戦力を一瞬で葬られながらも、夏油は思わず笑いながらその光景を見ていた。

呪言《じゅごん》とは、狗巻家相伝の高等術式。

これを呪術を学んで、一年未満の少年がやってのけた。その事実は、夏油の仮説を確信へと変えるものだった。

「――やはり祈本《おりもと》里香の正体は、変幻自在、底なしの呪力の塊！」

その事実は即《すなわ》ち、呪霊操術《じゅれいそうじゅつ》を操る夏油にとって、里香という存在が絶対の切り札として活《い》きることを意味している。

「益々《ますます》、欲しいね」

そう、口角をニヤけた笑みに歪《ゆが》める夏油。

一方、憂太は自分の手の中を見つめていた。

「……やっぱり難しいや。呪力が拡散して狙いが定まらない。狗巻くんは凄《すご》いなぁ」

ボロリと、持っていた拡声器が砕けていく。

真似《まね》をできたのは、ほんの一瞬。棘のようにはできなかった。

「そう、僕の友達は凄いんだ」

一言で、無数の呪霊を吹き飛ばす恐ろしい力。

――それを、産まれた時から背負わされた狗巻くん。優しさから、誰も傷つけないために自分の言葉を縛り付けた狗巻くん。伝えたいことが沢山あったろうに、誤解されながらも人を助け続けた狗巻くん。呪言の激痛に耐えながら、僕を守り続けてくれた狗巻くん。

「……それを、オマエは……オマエは――」

尊敬も、憤怒《ふんぬ》になって。友情も、憎悪になって。

憂太の喉《のど》は、夏油への呪いを唱える。

「――ぐちゃぐちゃにしてやる」

その瞳に、人を傷つけることを恐れていた臆病さは、もうなかった。

憂太と夏油が、呪術高専《じゆじゆつこうせん》で対峙《たいじ》しているころ。

百鬼夜行の新宿《しんじゆく》は、戦渦の中にあった。

某デパート、新宿店付近。

普段行き交う人波と入れ替わったように、跋扈《ばつこ》する呪霊たち。呪術師たちはそれを相手取り、己《おの》が術式を振るい続ける。

爆風に傷つくデパートの直下、戦いを行うのは2級呪術師、猪野琢真《いのたくま》。

そのマスクで顔を覆うことにより術式を駆使し、呪霊たちを次々と刺し貫いていく。

一際巨軀《きよく》の呪霊が彼を襲うが、猪野はその大ぶりな攻撃をひらりと避《よ》けると、呪霊の体を駆けのぼり脳天に一撃を叩《たた》きこむ。

「フ――ッ……七海《ななみ》サーン、なんで京都なんすかー!? 俺の活躍見て欲しかったのに!」

「うるせぇ。ブックサ言ってねーで戦え。まだまだ来るぞ」

その場にいない、尊敬する先輩の名を呼び愚痴る猪野に、別の呪霊と鍔迫《つばぜ》り合《あ》いを繰り広げながら窘《たしな》めるコートの男は1級呪術師、日下部篤也《くさかべあつや》。

呪術師の中では面倒くさがりで知られる彼も、この戦いの最中《さなか》には気は抜けない。手にした刀で呪霊を捌《さば》きながら、尚《なお》も途切れぬ呪霊たちの群れに顔を顰《しか》める。

「あーメンドくせ……」

絶え間なく続く攻撃にため息を漏らしながらも、猪野は日下部と共に呪霊たちを斬り捨てゆく。

一方、ビルの壁面を蹴るように空中戦を繰り広げる影もある。

五条悟《ごじょうさとる》の先輩、1級呪術師の冥冥《めいめい》だ。

揺れる三つ編み、しなやかな細腕に身長ほどもある大斧《おおおの》を携えた彼女は、その刃《やいば》を軽々と振り回して、迫りくる呪霊たちを纏《まと》めて薙ぎ倒す。

「フゥ、これで五十体……撃破数のインセンティブはクリア。満額ボーナス目指して、もう少し働こうかな」

曲者揃《くせものぞろ》いの呪術師の中でも、冥冥の行動基準は非常にシンプル。即ち、金。

四桁を数える呪霊たちを相手に、大都市を防衛するという大仕事。危険が多いだけに報酬も美味《うま》い。

通路を遮るほどの大斧を構えながら、冥冥は新たに現れた稼ぎの種……もとい、呪霊たちの群れへと立ち向かっていく。

同時刻、新宿駅付近。

ボールペン街と呼ばれるそのあたりには、伊地知《いじち》がいた。

仰ぐ頭上、店の看板に吊《つ》るされて、縛り首になっているのは同僚たる補助監督たち。

振り返れば、下手人と思われる呪詛師《じゅそし》たちがいる。見るからに、若い。

「君達、歳《とし》は？」

「十五ぉ～～」

答えたのは、お団子頭で女子高生らしき風貌の呪詛師、菜々子《ななこ》。

そして横に並ぶ、縄で首を括《くく》られた人形を持つ黒髪《くろかみ》の呪詛師、美々子《みみこ》。

「まだ子供じゃないですか」

それは、普段伊地知が補助監督としてサポートし、見守っている高専生徒たちと変わらぬ年齢。だから伊地知は、大人としての言葉を述べる。

「今ならまだ引き返せます。善悪の区別もついていないでしょう」

だが大人の正論は、正しくない世界で生きてきた子供たちには届かない。

「カッチ～ン。美々子ぉ、アイツ　ゲロムカつかねェ？」

「吊るす？　菜々子」

「アンタらは知らねぇだろ？　地図にも載ってねー様なクソ田舎《いなか》で、呪術師がどういう扱い受けてるか──」

人間の社会で、呪術師の生きられる世界はあまりに狭い。

菜々子も美々子も、子供のころから人とは思えぬ扱いを受けてきた。彼女らに手を差し伸べたのは、夏油だけだ。

「──善悪？　そんなん、アンタらで勝手にやってろし。夏油様が言えば黒も白だし、白も黒なんだよ。私達は、あの人が見据える世界を信じてる」

その言葉に、伊地知は歯嚙《はが》みする。

彼女たちに、正論は届かない。若き呪術師を教え導く呪術高専も、まだまだ伸ばせる手は足りない。そういう現実が産みだした子供たちが、彼女らだ。

伊地知は戦いを得意とする呪術師ではない。

それでも言葉を放つのは、責任感。彼女らと相対《あいたい》する高専関係者として、この世界に生きる大人として、今ここにいる自分しか向き合えないから。

だがそんな正しさは、菜々子と美々子を救わない。

「邪魔する奴《やつ》は……」

菜々子が、術式の媒介となるスマホを掲げる。

「吊るしてやる！」

美々子が、補助監督たちを吊るした首吊り人形を構える。

だが、一触即発の緊張は、二人の背後で起こった爆音に破られた。

「はぁ!?」

菜々子が振り向くと、もうもうと立ち上る煙。

派手に崩れた瓦礫《がれき》の中から、ミゲルがのそりと体を起こす。

「ミゲル!? アンタ、何してんの!?」

「見テ分カレ！」

ミゲルがここに居るということは、つまり――、

「――しぶといな」

呪詛師たちにとって、百鬼夜行最大の障害。

五条悟も、そこに居るということだ。

いつの間にか背後に現れた五条に、ミゲルは振り返り様、縄を振るう。パァン、と乾いた音が響き、五条の手がはじかれる。

手ごたえを感じ、ミゲルはニヤリと笑う。

攻撃を受けた五条の掌は、静電気のような痺《しび》れを感じていた。

――あの縄……珍しい呪いが編み込まれているな。こっちの術式が乱される。

分析する五条は、改めてそれが厄介な呪具《じゆぐ》であることを悟る。

やはり、相対した瞬間感じた通り、五条にとってこの新宿戦、ミゲルこそが最も面倒な相手だった。

異国の呪術師がこしらえたその縄は、ただ強力なだけでなく、日本の呪術師はまずお目にかかることない代物《しろもの》。強く、術式のかく乱に特化し、かつ類例に乏しい術式など、呪術師にとってはウンザリする相手だ。五条は深く息を吐く。

だが、たまったものでないと感じているのはミゲルの方だった。

――モウ半分モ残ッテナイ……！

数十本からなる縄型の呪具。敵の術式を阻害する代わり、消耗し、短くなっていく。しかし一本とて、ミゲルの祖国の呪術師が数十年をかけて作るもの。

それが、五条の手にかかると、溶けるように消耗していく。

「コレ一本編ムノニ、俺ノ国ノ術師ガ、何十年カケルト思ッテル！」

「知るか。僕の一秒の方が勝ってる。それだけだろ」

――トンデモ無イコト言イヤガル。

ミゲルは余裕に見せたい笑みの額《ひたい》に、冷や汗を滲《にじ》ませる。五条の言葉は煽《あお》りでもなんでもなく、事実だということがミゲルには分かる。

その時、相対する二人の元へ迷い込むように、地響きのような足音が近づいて来る。

『ばぁあ』

それはビルの陰から姿を現す、巨大呪霊。

まるで小さな山の如きその巨軀が、五条へと向かって腕を伸ばす。

だが、五条にとってはそんなもの、地を這う蟻《あり》と大差ない。

「邪魔だ」

五条が手をかざすと、それだけで呪霊の頭が吹き飛んだ。爆発だとか、粉砕だとか、そういう次元の現象ではない。瞬時に現れた無限の質量が、内部から呪霊を破裂させた。

その様に、菜々子も美々子も、伊地知ですらも背筋が凍った。

──やばい、五条さんキレてる!

伊地知は、普段の五条をよく知っている。知っているからこそ、避難が済んだとはいえ、街中《まちなか》で躊躇《ちゅうちょ》なく〝それ〟を使う五条が本気であることを察していた。

一方、ミゲルも生きた心地がしていなかった。

それまでは縄で阻害し続けていた、五条の術式の正体を今、目にした。

〝無下限呪術《むかげんじゅじゅつ》〟。

ミゲルは事前に、夏油から説明されていた。それは文字通り、無限という概念を現実にする術。五条悟を最強たらしめる相伝の術式である。

規格外の破壊力を持つからこそ、そのコントロールには原子レベルに干渉する、綿密な呪力操作が必要となる。時空間を支配するほどの演算、まともに扱えば脳が焼き切れる負荷は免れない。

――ソレヲ可能ニシテイルノガ、アノ目カ！

ミゲルの目に映る、五条の青い瞳。

普段は包帯や目隠しで封じている、五条のもう一つの武器。あらゆる術式を視認し、呪力を高解像度で観測できるその目は、あらゆる呪いを丸裸にする。無下限呪術のコントロールを可能とする唯一の才能。

最強の破壊力を持つ術式。そして繊細な操作を可能とする眼《め》。

五条家の歴史の中でも数百年ぶり、〝無下限呪術〟とその眼を併せ持って生まれた、特別を宿命づけられた存在。

それが、五条悟。正真正銘、現代最強の呪術師である。

「……」

いくら術式阻害が可能とは言え、溶けるように削られていく縄だけを武器に、ミゲルはこれからこの最強の男を相手にしなければならない。

防御をしくじれば即アウト。

「……ノルママデ、アト十二分強」

それはミゲルにとって、砲弾の嵐に、鉄の盾で立ち向かうような感覚。

呪術を扱う者なら、さっきの攻撃を見ただけで分かる。敵として五条悟の前に立つのは、絶望と意味が変わらない。

だが、やらねばならない。

「死ヌ気デ――逃ゲ切ル！」

ミゲルは縄を振るい、自ら仕掛けた。だが狙ったのは五条ではなく、傍《そば》にあったエアコンの室外機。ミゲルは縄でそれを巻き取ると、五条へ向けて投げつける。

「――」

当然、五条には当たらない。

飛んできた室外機は、五条の手前で止まり、砕け散る。物理攻撃は常に、五条との間には〝無限〟の距離を置かれて無意味となる。反則じみた鉄壁の防御。

だがその隙に、ミゲルは五条へと迫っていた。本当に逃げるだけでは勝てない。一秒一瞬、必死で相対しなければ、ミゲルには一ミリほどの可能性もない。

難なく攻撃を避け続ける五条に、ミゲルはまたしても障害物を使う。

「ハァッ！」

電線を切断し、五条へと落として感電を狙う。もちろん、当たるわけもない。感電して五条が死ぬなら、誰も苦労はしない。

しかし漏れた電気が起こした光に紛れ、夥《おびただ》しい呪霊の群れが、五条へと迫っていた。

「チッ……」

舌打ちしながら、呪霊の群れに呑《の》まれていく五条。並の呪術師なら致命的状況。

だが、相手は五条悟である。

五条はその中にあっても、あっというまに呪霊たちを祓《はら》ってゆく。しかも先ほど使った無下限呪術による攻撃ではなく、格闘戦。それでも呪霊たちは、あっという間に消し飛んでゆく。格闘ひとつとっても五条は1級を凌《しの》ぐ。

「――っ」

五条の視界が晴れたその先に、またもや巨大な呪霊。だが当然、大きさなど五条には関係ない。瞬間移動の如き回避。そして、巨大呪霊に紛れ機会を窺《うかが》っていたミゲルごと叩き潰そうと、拳の一撃を振るった。

「ワオ！」

五条の攻撃を間一髪で回避したミゲルは、咄嗟《とつさ》に縄を街灯に巻き付けて脱出した。爆撃の中を走るようで、生きた心地がまったくしなかった。

ビルの隙間を縫うように、ミゲルは縄を使ったアクロバットで、ビュンビュンと空中をゆく。軽やかなヒーローばりの大立ち回りは、縄を扱いなれたミゲルだからこそ。

だが――急に、目の前に五条が現れた。

「クッ！」

ミゲルは心臓が止まるかと思った。ホラー映画だって、ここまでタチの悪い脅《おど》かし方はしない。

姿勢を崩したミゲルの体が五条に摑まれ、低いビルの屋上へと投げ落とされる。

それを追って、五条も同じ屋上へと着地し、術式ではなく肉弾戦でミゲルを追いつめる。

だが、尚もミゲルは逃走ルートを諦めない。ミゲルの走り出した先には、またしても巨大呪霊。今度は、複数体。

ミゲルはいつの間にか、その呪霊たちの裏に身を隠している。とにかく五条と組み合わない。当てては逃げ、呪霊を呼んでは紛れ、徹底的に生き延びるための戦術。

――ウゼー。

五条は心底、そう思った。

だが、構っていられるミゲルではない。文字通りの必死なのだ。

これでもまだ、ミゲルは軽くない傷を負わされた。屋上に叩きつけられた衝撃で、体中が軋《きし》み、擦り切れた肌《はだ》はビリビリと痛む。それでも、まだ生きている。

「……サッキノハ、ヤバカッタ……ヒット&アウェイニ徹シテ、アト十分弱ヲ、全力デ耐エル……」

あと十分。

ここまで必死で立ち回っても、あと十分。五条悟相手に、あと十分。

その時間はミゲルにとって、無限よりも長い試練に思えた。

「――死ンダラ祟《たた》ルゾ！　夏油！」


同時刻、新宿某ビル内。

夜蛾《やが》の呪骸《じゅがい》数体に警護された、その場所は現在、臨時の野戦病院として使われている。ロビーに用意されたいくつかの簡易ベッドには、負傷した呪術師や補助監督が運び込まれ、治療を待っている状態だった。

そしてそこに、傷ついた者がまた一人。

「家入《いえいり》さん！　この子もお願いします！」

新たな負傷者を空きベッドへ運び込んだのは、補助監督、新田《にった》。彼女が連れて来たのは、ぐったりとした補助監督の一人。意識は無く、呼吸は荒い。

彼女に呼ばれ、呪術高専常勤医師、家入硝子《しょうこ》はそちらを一瞥《いちべつ》した。

「ん、ソコ寝かせといて」

「はいっス！」

家入の指示に頷《うなず》くと、新田はベッドへと寝かせた負傷者に優しく声をかける。

「大丈夫っス、家入さんが治してくれるっスから……よろしくお願いします！」

家入に再度そう言うと、新田は再び駆け出していく。

この状況、戦える呪術師、戦えない補助監督、問わず休める暇もない。誰もが皆、この新宿で自分にできることを必死に行っている。

家入はその背を見送り、託された負傷者に視線を落とす。

傷の具合は良くはない。家入の〝反転術式〟がなければ相当危なかっただろう。

だが、安心してばかりもいられない。

呪力も体力も無限ではない。このペースで負傷者が増え続けては限界は近い。それでなくても、ここに運び込まれることも叶《かな》わず、犠牲になった者も少なくないのだ。

「……ったく」

家入は苦々しげに眉を顰める。

——昔からだ。なまじ強い力を持つヤツらは、極端な選択肢ばかり選ぶ。できることが多いから、なんでもできるを通り越し、自分がやらなきゃと思い詰めて、最後はとんでもないバカをしでかす。迷惑を被《こうむ》るのは、いつも周りだ。

結局、子供と大差ない。あのころから、性根は変わっちゃいない。

「ホント、面倒なことかましてくれたね、夏油」

この事件を起こした張本人の名を呟《つぶや》いて、家入は次の負傷者の元へと駆けていく。

呪術師たちが何を思うかなど露知らず――夏油は未《いま》だ、憂太と対峙していた。

タガの外れた憂太の力は、目を見張るものがあった。

高度な術式の使用、模倣。格闘ひとつとっても尋常な強さではない。

特級という評価は里香の力を指してのものだったろうが、それを使いこなしつつある憂太は今や、まさしく特級呪術師と呼ぶに相応《ふさわ》しい。

夏油は憂太と向かいあい、その実力を改めて評価する。

「生まれて初めての激情。呪力が体に満ち満ちているね……身体能力の向上、万能感、五感が研ぎ澄まされているだろ」

夏油にとっては、戦局の悪化のはず。しかし憂太に語るその言葉に、焦る様子は微塵《みじん》もない。そこには、とある理由がある。

しかし現実、呪霊の物量で攻めるのはそろそろ限界がある。

「烏合《うごう》共ではは相手にならないね。直《じか》に叩くとしようか」

夏油は格納能力を持つ呪霊を呼び出すと、そこから細長い物体を取り出してゆく。

形状はヌンチャクよりも大きい、いわば三節棍《さんせつこん》。

特級呪具、〝游雲《ゆううん》〟。

特殊な効果を持つわけではないが、破壊力だけなら絶大なものを誇る。その分、扱う側にも技術と膂力《りよりよく》を求める武器。

故に、特級である夏油がそれを振るうことで、游雲はその性能を十全に発揮する。

格闘戦を望む夏油を見据え、憂太は刀を構える。剣術としては、〝霞《かすみ》の構え〟と呼ばれる形。切っ先を相手へ向けたその形に、憂太は研ぎ澄ました殺意を乗せる。

「あわせろ、里香」

皿のように目を見開く憂太に、寄り添う里香。

今にも飛び掛からんとする肉食獣の如き威圧を見せる彼らに対し、夏油は挑発するように游雲を構え、語りかける。

「人は食物連鎖の頂点に立ち、更に高位の存在を夢想し、〝神〟と呼んだ。おかしいと思わないか？　夢想せずとも、我々呪術師がいるというのに――」

憂太が飛び出してゆく。

淡く輝く瞳が、残光を微《かす》かに棚引かせる。

初撃を、夏油は危なげなく躱《かわ》した。返す刀で切りかかると、夏油はそれを游雲で受けてみせる。硬い手応え。この呪具ごと切り落とすのは困難だろう。

隙を見て、里香が夏油の背後へと回り込み、腕を振り下ろす。それをも避けながら、二対一の戦いの中、踊るように戦う夏油を、鋭く追って憂太が攻める。

斬撃、打撃、袈裟《けさ》切り、打ち下ろし、鍔迫り合いから里香の爪《つめ》。

互いの神経が繋《つな》がっているような、憂太と里香のコンビネーションを、夏油は游雲のリーチを生かし、間合いを上手に使って捌いてゆく。

また一合、二合、数多《あまた》の打ち合い。学《まな》び舎《や》の外で火花が散る。

刀と游雲がぶつかって、間の空気がはじけ飛ぶような轟音《ごうおん》の中、目まぐるしく攻防が繰り返される。

「――結局、非術師《さるども》は自分より秀でた存在から、目を背けたいだけなのさ」

鍔迫り合いの最中、語り掛ける夏油。

その傲慢《ごうまん》な物言いに、憂太は叫ぶ。

「神になりたいなんて、子供じみたことを言うなよ！」

「論点がズレてるよ、乙骨《おっこつ》」

その会話に気をとられる一瞬が、夏油は欲しかった。

足元から影のように滲み、呪霊の触手が伸びる。

「チッ！」

呪霊を切り祓ったその隙を、夏油が見逃すことはない。

真横に振るった游雲の一撃が、憂太の頬《ほお》を打った。

「っ……！」

並みの打撃とはわけが違う。吹き飛んでいく憂太、それを追って追撃する夏油。脳天めがけて振り下ろした游雲は、しかし空振りして地面を叩いた。

「……私が望むのは〝啓蒙《けいもう》〟ではない。〝選民〟だよ。数が多いというだけで、強者が弱者に埋もれ、虐げられることもある――」

語りながら、夏油は視線を横へ向ける。

追撃の瞬間、すんでの所で憂太を里香が助け出していた。里香に抱えられるその姿を見ながら、じゃらり、と音を立てて游雲を構える夏油。

「――そういう猿どもの厚顔ぶりが、吐き気を催す程、不快だと私は言っているんだ」

夏油の弁舌の中、里香は腕の中の憂太に語り掛けていた。

『憂太、憂太ぁ』

「大丈夫。慣れてきた」

切れた口端《くちばた》の血を拭い、憂太は刀を握り直して、里香から飛び降りてゆく。

刀を逆手に構え直し、フットワークを重視したボクシングのようなスタイルで、地を蹴りながら再び間合いを詰める。

「問答は終わりかい？」

語り合うことが尽きたならば、後は呪い合うだけ。

游雲を手に迎え撃とうとする夏油の視界で、はじけ飛ぶように憂太が加速する。

——更に速い！

明らかな、呪力による身体強化の向上。

游雲の一撃でそれを叩き潰そうとした夏油の、脇をすり抜けるようにして、憂太はその背後へと滑り込む。

完全に、死角を取った。この上ない好機。その一撃で、夏油という呪いを祓う——憂太は戦いを終わらせるべく、手にした刀に、一際大きな呪力を込める。

だが、戦闘の最中で使える呪力と術式が膨れ上がっても、ついてこないものがある。それらはこの戦いにおいて、夏油と憂太の絶対的差であった。

経験と、道具の質だ。

「——っ」

憂太が振るった刃は、夏油を切り裂くことなく……ボロボロに朽ちて砕け散っていく。

特級呪具〝游雲〟は、シンプルであるが故に、強度も特級に相応しいものを持つ。

一方、憂太が振るい続けてきたその刀は、高専の武器庫に保管されていた、生徒たちも難なく扱える類《たぐい》のもの。

幾度も重ねた打ち合いの果て、膨れ上がった憂太と里香の呪力に、ついて来れるような物では、決してない。

「駄目じゃないか。急にそんな呪いをこめちゃ、器がもたない」

そしてその事態を、夏油は見逃さない。

呪力がいくら強くても、実戦経験の未熟さは否めない。至近距離での得物の喪失、夏油の手には特級呪具。これこそが全て夏油の読み筋。この戦いにおける、投了図。

――まったく、生徒の指導が甘い。

してやったり、と夏油は口端を吊り上げる。

「悟に教わらなかったかい？　呪いは少しずつ――」


だが、そんな計略や定石は、憂太の怒りには関係なかった。


「――っ！」

夏油の目に映ったのは、拳。

刀が無かろうと、憂太がやることは変わらない。怒っているのだから、目の前の相手を殺すのだから、刀が無ければただ、殴る。

咄嗟《とっさ》に、夏油は数体の呪霊を召喚し、防御を試みる。単なる打撃であれば、難なく防ぎきれただろう。

夏油が読み違えたのは、憂太の怒り――その純度。

絶対の殺意。不可能性の排除。その相手を殺すという意志が、研ぎ澄まされた集中が産みだす、世界の全てを捻《ね》じ伏せるほどの全能感。

そのゾーンに至った時、呪術師が引き起こす現象がある。

呪力を乗せた打撃を放つ時、打撃との誤差0.000001秒以内に呪力が衝突した際に生じる空間の歪《ひず》み。

それを成し得た時、呪力は黒く光る。


——その現象を、〝黒閃《こくせん》〟と呼ぶ。


「——ぐぉ——っ!!」

呪霊数体など、塵芥《ちりあくた》も同然。

防御を貫き、夏油の顔面を拳が捉える。空間が罅《ひび》割れるような衝撃が、漆黒の余波をまき散らして彼を激しくはじき飛ばす。人が人を殴った光景とは思えない。

十数メートルもの距離を転がって、夏油は地に倒れた。

「……やるじゃないか……」

ダメージは軽くない。この戦いの勝敗を、左右しかねない一撃だった。

それでも、夏油は笑っている。里香のもたらした呪力の大きさが、憂太という呪術師の成長が、どれほど予想を超えていても、それは夏油の理想を否定しない。

むしろ、呪術師が優れた種であることを憂太の力が証明する。

そしてその力を、夏油はこれから手に入れようとしている。それさえ成れば、理想は叶う。だから夏油は笑っている。

しかし憂太は、何ひとつ笑えない。

「分かんないよ!」

拳を握ったまま、憂太は叫んだ。

戦いながら、怒りながら、呪いながら、ここまで憂太と夏油は言葉を交わした。

夏油には夏油なりの理想があり、夏油なりの理由があり、その考えを支持する人々もいる。その答えに至るまで、想像もつかない何かがあったのかもしれない。

善悪に拘《かかわ》らず、夏油はきっと、憂太よりも広い視点で世界を見ている。

だけど、そんな世界を空から見下ろすような理想など、憂太には何度聞いたって理解できなかった。

「高専以外の呪術師のことなんか知らないし!　お前が正しいかどうかなんて、僕には分かんない!　でも――」

憂太にとって何が大切なのか、憂太には分かる。

夏油の見ている世界よりは、ちっぽけなものかもしれない。けれど憂太が知っているのは、憂太にとって愛おしいのは、この手の届くちっぽけな世界。

呪術高専で過ごして見つけた、憂太が心から、なりたい自分。

何がしたいのか。何が欲しいのか。何を叶えたいのか。この瞬間、心から答えられる。

「――僕が、皆《みんな》の友達でいるために！」

そのために、何を為《な》すべきか。

真希が教えてくれた。パンダが笑顔にしてくれた。棘が支えていてくれた。

皆のおかげで、里香と向き合えた。どう生きればいいのか、見つけられた。だから、

「僕が！　僕を！　生きてていいって思えるように！」

皆と過ごした、この眩《まぶ》しい日々を、誰にも否定させないように――。


「――オマエは、殺さなきゃいけないんだ」


それが、今ここで戦う理由。

乙骨憂太が下した、夏油傑《すぐる》への、呪術師の世界への、そして――呪われた自分が生きてゆくための結論だ。

夏油はその若き言葉を、笑みを浮かべながら聞いていた。

「……自己中心的だね……だが、自己肯定か。生きていく上で、これ以上に大事なことも

ないだろう」

その笑みには、侮りも、嘲りも無かった。

夏油自身、どこか憂太の言葉に頷いていた。自分が自分であること。そう在れる世界を求めること。その意志は、決して曲げることなどできはしない。

そして、その思い描く世界がぶつかったならば、もう問答は意味を成さない。

「ならば、こちらも全霊をもって君を殺す。もう質も量も妥協しない」

後はもう、どちらかが消えるまで、呪い合うしか無いのだ。

その意志は、憂太も揺らがない。

高速の格闘戦を行っていた憂太の下へ、やっと追いついた里香と並び、この戦いの決着をつけるべく、憂太は夏油と向き合い、構える。

力を使いこなし始め、黒閃すら放って見せるほどに成長した憂太は、もはや夏油にとっても余裕を見せていられる相手ではなくなった。いよいよ、決着の時は迫っている。

戦いの終局へ向けて、先に動いたのは夏油だった。

「知っているかい？　特級を冠する人間は四人。呪いだと十六体存在する。これは、その内の一体――」

即ち、夏油はついに切り札を切った。

今まで呼び出していた、物量で攻める呪霊とはわけが違う。夏油の掌から、ドス黒い瘴《しょう》気《き》の瞬きと共に、明らかに格の違う呪霊が現れる。

十二単《ひとえ》のような、厳かな着物姿。

女性を象《かたど》った、しかし悪意が張り付いたような、悍《おぞ》ましい顔立ちの呪い。


「特級仮想怨霊《かそうおんりょう》、〝化《け》身玉藻前《しんたまものまえ》〟」


玉藻前——古今東西、あらゆる伝承の中においても別格に数えられる、最悪級の妖怪変《へん》化《げ》。その名を冠する仮想怨霊ともなれば、疑う余地もない危険物。

呪霊、呪術への知識が浅い憂太であっても、〝特級〟を冠する怨霊となれば、里香と同格と分かる。

しかし、夏油はそれで攻め手を終わらせない。

「更に——」

夏油の掲げた指先に、別の呪霊が呼び出される。

化身玉藻前ほどの圧力はない。しかし、その気配の形を——いや、数を感じ取ると、憂太は見開いた瞳を強張《こわば》らせていく。

一体、十体、百体……そんなものでは済まない。もはや別個に気配を感じ取れないような物量の呪霊が、渦を巻きながら圧縮されていく。

「――私が今所持している四四六一体の呪いを、一つにして、君にぶつける」

それぞ、夏油傑の真骨頂。

百鬼夜行を計画していた年月、呪いに憑《つ》かれた人々を誘い、祓うと見せかけて取り込み続けた、四桁もの呪霊というリソース。文字通り、その全霊を使う。

四千を超える呪霊の塊は、螺旋《らせん》を描きながら極限まで圧縮されて、それでもなお憂太を飲み込むほどに巨大な渦となって、夏油の頭上に浮かぶ。

最悪の呪詛師が誇る、最強の攻撃手段。


「呪霊操術、極ノ《ごくの》番《ばん》――〝うずまき〟」


憂太と夏油。二人の戦いが、この百鬼夜行事件の勝敗を握っている。

しかし、その決着が今、まさにつこうとしていることは、多くの者が知らずにいる。呪術師たちは未だ、いつ終わるとも思えぬ大混乱の最中、世界を守り続けていた。

それは東京、新宿だけではない。

夏油一派が襲ったのはもう一都市。古《いにしえ》よりの歴史を持ち、呪術界にとっては重要な拠点の一つである、古都――京都《きょうと》。

京都タワーを頭上に望むその街中でも、帳《とばり》の下ろされた最中、呪術師たちの奮闘が繰り広げられている。百鬼夜行開始から時が経《た》ち、戦況は混迷を極めていた。

破壊された市街地の地面に、赤い血だまりが広がる。

ニタニタと笑う、一体の大型呪霊が、呪術師を串刺しにしていた。

犠牲になった呪術師の中には、等級で言えば準1級クラスの呪術師もいた。

巨大呪霊は1級相当。その身にすぎた敵を相手にした呪術師たちは一人ずつ、まるで羽虫を掃《はら》うように殺されていく。

「う……」

慕っていた、尊敬していた先輩呪術師たちが屠《ほふ》られてゆく光景に、後衛としてその場にいた3級呪術師たちは、震えて眺めているしかなかった。

悪夢としか思えない。昨日までは語りあい、笑いあい、その背を目標にしていた呪術師たちが、ほんの数秒の戦いで、肉塊に変えられてゆく現実。

彼らにとって、その時間は死の順番待ちにすぎない。

立ち向かって、勝てるわけがない。背を向けたところで、逃げられるわけもない。

「……くっ！」

だったら、同じ死なら、立ち向かう死を選ぶ。自分が慕った人々に、恥ずかしくない死を選ぶ。そうじゃなければ、あの世で合わせる顔がない。

怯《おび》える3級呪術師たちの中、一人の女性呪術師が、死を覚悟したように歯を食いしばる。

そして顔を上げ、呪霊に立ち向かおうとしたその時……彼女の肩を叩き、前へ出る者がいた。

勤務帰りのような、ワイシャツにネクタイ姿。眼光を隠す、丸いサングラス。

西の呪術師たちであっても、彼の名を知っている。

「……な、七海さん……」

「ここは、私が」

1級呪術師、七海建人《けんと》。

ネクタイを下げた襟元を緩め、呪布を巻きつけた鉈《なた》を手に、若き呪術師たちの視線を背負い、呪霊の下へと駆け出してゆく。

停《と》められていた車を足場に、高く跳躍した七海は、その勢いのままに鉈を振り下ろす。

巨大呪霊の首元を切り裂き、着地と同時に足を刈る。図体の大きい相手への戦いを、七海は十分に知っている。

「――っ!」

しかし、近いビルの上から、増援の呪霊たちが大量に降り注いだ。

落下してくる呪いの群れを避けながら、呪霊の一体を踏みつけて宙へ逃れると、七海は緩めたネクタイを引き抜いてゆく。

そのネクタイを巻き付け、右手をバンデージのように固めていけば、握りしめたその拳に、呪力が青く揺らめき満ちる。左手に大鉈、固めた右拳。両腕を武装した格闘戦重視のスタイル。

そして襲い来る呪霊たちの群れを、七海は文字通りに薙ぎ倒していった。

鉈の一閃、拳の一撃、殴り、潰し、叩き切り、七海の集中が満ちていく。百鬼夜行という未曾有《みぞう》の戦いの中、抗戦し続けた七海の精神は、ある種のゾーンへ到達する。

——黒閃。

殴りつけた呪霊たちが、黒い輝きに爆《は》ぜていく。

憂太も至ったその現象。黒閃とは、言うなれば呪力攻撃のクリティカルヒット。だがそれを経験した者が、いつ如何《いか》なる時でも黒閃を撃てるわけでは無い。

集中力の極限値へ達した〝ゾーン〟。その状態へ至ることが何より肝要。そして黒閃を決めた呪術師は、その手応えが残っているうちは、ゾーンの全能感に浸り続ける。

即ち、一度黒閃を発動した〝ノっている〟状態のとき、黒閃は連続発動しうるのだ。

——黒閃。

そして再度の——黒閃。怒濤の黒閃三連打。

砕け散っていく呪霊の群れの奥から、先ほどの巨大呪霊が襲い掛かる。

その姿を捉えた七海の瞳には、呪霊の体を分割するスケールが見える。7：3の比率。

それが七海の術式。あらゆる呪霊、あらゆる物体に対し7：3分割したその部分に、強制的に弱点を作り出す、一撃確殺の〝十劃呪法《とおかくじゅほう》〟。

その術式で見定めた一点に、七海は大鉈を振り下ろし——そこにまた、黒き呪力の瞬きが起こる。四連続めの——黒閃。

その漆黒の閃光に、呪霊は跡形も無く爆ぜて、消える。

「……フー」

呪霊の消えたその大通り、七海が振り向くと、先輩呪術師たちの亡骸に涙を流す呪術師たちの姿。

己の〝先輩〟と呼べる呪術師の引き起こした戦禍の中、七海は己が働くべき次の持ち場を探し、京都の町を駆けてゆく。


同時刻、七海らとは離れた街路では、若き呪術師たちが迎撃に当たっていた。

東京校と対を成す、もう一つの呪術の学び舎。

呪術高専京都校の生徒たちの姿は、そこにあった。

壁面を蹴り、ビルの谷間を縫うように跳びながら、加茂憲紀《かものりとし》は細めた目で眼下を睨《にら》む。

御三家が一家、加茂家の嫡男《ちゃくなん》。彼が操る〝赤血操術《せっけつそうじゅつ》〟は、広い市外戦にてその威力を存分に発揮していた。

――捉えた。

手にした弓から、加茂は地上の呪霊たちへ向けて、数発の矢を同時に放つ。

己の血を操作するその術式は、矢尻《やじり》に付着させた血液を用いて、矢の軌道を自由自在に操ってみせる。ミサイルのように、うねる軌道で飛来した矢は、次々と呪霊たちを貫き、祓ってゆく。高度を活かせるこの戦いは、加茂の得意とするところだった。

頭上から降り注ぐ矢から逃れ、路地へと逃げ込んだ呪霊たちは、まんまと京都校生徒たちの戦術にはまっていた。

「シン・陰流《かげりゅう》、簡易領域《かんいりょういき》――」

京都校生徒、三輪霞《みわかすみ》。

彼女の刀から繰り出されるシン・陰流の剣術は、待ち伏せての迎撃戦で真価を発揮する。

半径2．21メートル、平安時代より伝えられる一門相伝の呪法〝簡易領域〟。そこに踏み込んだものを、鞘《さや》の中で呪力によって加速した刀で斬り伏せる、シン・陰流最速の斬撃。

「――〝抜刀《ばっとう》〟」

神速《しんそく》の斬閃が、呪霊たちを丸ごと斬り捨てる。

加茂の矢で呪霊たちの進路を狭め、待ち受けた三輪の〝簡易領域〟へ追い込む。この戦術は、経路をコントロールしやすい京都の街において、非常に有効だった。

「……フー」

今度もまたその連携が決まり、無事に呪霊の群れをせん滅できた。その安堵《あんど》にほんの一瞬、三輪に油断が生まれた。

碁盤の目のような作りの京都の道を用いた戦術、だから三輪はビル、そのもの、を貫通してくる呪霊に対し、警戒していなかった。

「っ！」

真横から壁面を貫いて迫る、新たな呪霊の群れ。〝抜刀〟直後の三輪は、反応できない。

しかし、呪霊たちの手が、三輪に触れることはなかった。

「──〝大祓砲《ウルトラキャノン》〟」

閃光が京都の道を走り抜け、三輪に迫っていた呪霊たちを消し飛ばした。

「油断するナ、三輪」

「メカ丸……！」

究極《アルティメット》メカ丸。少々風変わりな名前ではあるが、れっきとした京都校所属の呪術師である。まるでロボットのような見た目の体は、彼が自由に動けぬ体の代わりとして操る傀儡《かいらい》。

先の攻撃は、彼の右腕に装備された大祓砲によるものだった。

しかし、メカ丸が助太刀《すけだち》に入ったところで、安堵の間もなく状況は動く。

「メカ丸！　上！」

三輪が叫んだその瞬間、ビルの屋上から新手の呪霊たちが舞い降りる。

しかしメカ丸が対応する前に、今度はまた別の方向から飛来した銃弾が、呪霊たちを的確に撃ち落としていく。

「あんたもね」

硝煙を上げる銃口を揺らし、メカ丸へ向けてそう笑うのは禪院真依《ぜんいんまい》。

京都校に所属する、〝禪院家〟の娘。そして、真希の双子の妹である。


そこへ加茂が合流し、仲間たちの無事を確認する。

「みんな、警戒を緩めるな！」

「加茂くん――」

そう忠告しようとした加茂の耳に、タイミング良く、或《あ》るいは悪く、声が届いた。その声を響かせるのは、耳に装備した無線のイヤホン。

通信の相手は、上空から空飛ぶ箒《ほうき》でナビゲート役を行っている女生徒、西宮桃《にしみやもも》。京都の地形を生かした戦術を立てる上で、要となる存在だった。

「――二時の方向から、呪霊七体」

「了解。東堂《とうどう》はどこに行った？」

加茂の通信を受けて、西宮は上空から視線を巡らせる。探すのは京都校生徒たちの中でも、とびきりの問題児。

「あー……」

広い街中《まちなか》、たった一人の生徒を見つけるのは、なかなか難しい。

少し高度を下げて探そうか、と思った西宮の目に……派手に爆発を起こすビルの屋上が映った。

三輪は見たままのことを、加茂へと報告した。

「……すぐ会えると思う……」

「っ!?」

その通信から間もなく、加茂たちの頭上から、筋肉質の大柄な人影が落ちて来た。その両腕には、捥《も》ぎ取ったと思《おぼ》しき呪霊の首が握られている。

東堂葵《あおい》。彼こそ、ある意味、京都校で最も有名な生徒と言えた。

「今までどこに行ってたんだ、東堂――」

そう苦言を述べようとした加茂をはじめ、京都校の生徒たちは異様な気配に強張った。

ビルの陰から姿を現した、巨人の如き呪霊。

大きいだけではない。その呪霊が放つ威圧感は、他のものとは次元が違う。

「──な……なんだ、あの呪力は……」

加茂が驚くのも無理はない。五条悟の抑えとして、特級呪具を扱うミゲルが東京へ回されたように、京都にもある程度、要となる戦力が投入されている。

それは、そのうちの一体。大型の特級呪霊。

東堂が他の呪霊を狩りつつも単独行動を起こし、そして今、この場に現れたのも、その特級呪霊の存在あってのことだった。

呆然とする京都校の生徒たち。

しかし東堂はその前に立ちはだかり、特級呪霊を迎え撃つ。あまりに無謀。

「そいつは危険だ、東堂！　一人で突っ込むな！　応援を──」

「八時からのトーク番組、クリスマス特別生《なま》スペシャルに──高田《たかだ》ちゃんが出る！」

だが、東堂から返ってきた答えはこれだった。

「……」

「こんなところでモタついていられるか！」

絶句する京都校生徒たち。しかし東堂は真面目《まじめ》であるし、必死である。

東堂の〝推し〟、身長１８０センチを売りとする高身長アイドル、高田ちゃん。身長《タッパ》と尻《ケツ》のデカい女がタイプの東堂にとって、彼女はまさしくその理想を具現化した偶像《アイドル》。

それが、ゴールデンタイムのトーク番組に出るというのだ。しかも生放送。言うまでもないが当然、録画はしている。しかし、生で見なければ生放送ではないのだ。

だから、東堂は駆けてゆく。世界の命運や呪術師たちの未来、夏油の思惑など関係ない。

何がしたいのか。何が欲しいのか。何を叶えたいのか。そのために、何を為すべきか。

――今夜、〝推し〟の生放送を見るために。

それが、今ここで、東堂葵が戦う理由。

「東堂！」

もちろん、そんなの加茂にはわけが分からないので、当然東堂を止めようとするのだが、その耳にまたしても西宮からの通信が入った。

「加茂くん！　六時の方向からさらに十体以上の呪霊が接近！」

「くっ……全員、迎撃態勢を敷け！」

東堂のことは気がかりだが、迫りくる呪霊を無視するわけにもいかない。まあ、推しの生放送を見るまで、東堂は何がなんでも死なないだろう。ある種の信頼をもって、京都校の生徒たちは再び臨戦態勢に入っていく。

「ったく、キリがないわね。いつんなったら終わんのよ……！」

しかし、真依が悪態をつくのも無理はない。

呪霊たちは祓っても祓っても湧いてくる。いかに効率的に戦ったとて、呪術師たちのリソースにも限界がある。被害は少なくなく、犠牲者もじわじわと増えていく。

暗い泥の中を藻掻《もが》くような迎撃戦の中、まだ終わりの見えない百鬼夜行に、呪術師たちは持てる命を燃やし、立ち向かってゆく。

その、いつ終わるとも知れぬ戦いの勝敗は、京都の地から遠く離れ——東京都立呪術高専の敷地内にて、間もなく、決まろうとしていた。


特級仮想怨霊、〝化身玉藻前〟。

呪霊操術、極ノ番〝うずまき〟。

夏油の繰り出した二つの切り札は、憂太と里香に狙いを定め、今まさに、この決戦にピリオドを打とうとしていた。

憂太の手にも、里香という特級の力がある。しかしながら、今その力を駆使したところで、対応できて、どちらか片方。化身玉藻前と里香がぶつかり合ったとして、おそらく力は拮抗《きっこう》。その間に〝うずまき〟を撃ち込まれれば終わり。

この状況、王手をかけているのは夏油の方だった。

「乙骨——君が祈本里香を使いこなす前に、殺しにきて本当によかった」

勝利への確信。

ついに、この世界を変えるための力が手に入る。その思いが、夏油に口を開かせる。

「……」

憂太は静かに目を閉じる。

完全顕現した里香の呪力、それを使いこなしつつある憂太の力を以《もっ》てしても、この局面が絶体絶命であることは理解していた。

けれど、負けるわけにはいかない。

今まさに、里香を奪おうとしているこの男に、真希を、棘を、パンダを傷つけ踏みにじったこの男には……夏油という男に負けることだけは、絶対にあってはならなかった。

憂太が生きていて良いと思えるように。生きて来て良かったと思えるように。

呪術高専の仲間たちが彩ってくれた日々を、里香が守り続けてくれたこれまでを、この男の野望に穢《けが》させないために。

そのためなら、全てを賭したってかまわない。

里香は死してなお、呪いとなってまで、ずっと憂太の傍に居てくれた。今この瞬間も、憂太を守り続けてきてくれた。

ならば憂太だって、里香と一緒なら、覚悟を決められる。

「里香」

　憂太は振り返り、そっと里香を抱きしめる。

『なぁに』

「いつも、守ってくれてありがとう。……僕を、好きになってくれてありがとう」

　歪《いびつ》な里香のその顔へと、憂太は愛《いと》しさを込めて触れる。

　思えば、どうしてずっとそうして来なかったのだろう。確かに、里香という呪いは人々を傷つけ、憂太を孤独にした。けれど里香はずっと、ずっと、あの日の約束を守っていてくれた。ずっと傍で、憂太を守っていてくれた。

　真希が、パンダが、棘が憂太を笑顔にしてくれた。けれど呪われていなければ、皆との出会いだって無かったはずだ。

　一番最初に、里香がいた。里香がいたから、ここに憂太がいる。

　いつだって、里香が憂太を助けてくれた。

「……最期《さいご》に、もう一度力を貸して」

　吐息さえも交じり合いそうな、里香の傍で、憂太は囁《ささや》く。

「アイツを止めたいんだ。その後はもう、何もいらないから」

　そう言って、憂太は里香の頬へと手を伸ばす。こんなに傍で触れたことは、きっと里香が生きていた時だって無かった。

　後悔なんか、一つもない。だって今、こんなにも里香が愛おしい。

だから憂太には、もう迷いなんか、何もない。

「僕の未来も、心も、体も、全部里香にあげる。これからは、本当にずっと一緒だよ」

憂太は今、約束を果たす。

誓いの言葉。誓いの指輪。そして、最後に必要なこと。

「愛してるよ、里香――」

そっと唇《くちびる》を寄せて、憂太は捧げる。

ありったけの愛と、口づけを。


「――一緒に逝こう？」


『あっ……』

柔らかな感触を、里香は感じた。

『あぁ……』

温かな熱を、里香は感じた。

『あぁぁあああああああああああああぁぁぁあ、あ、あ、あ』

そこに込められた、憂太の愛を、里香は感じた。

――憂太が、抱きしめてくれた。

──憂太が、キスしてくれた。

──憂太が、愛してるって言ってくれた。

幸せが込み上げて止まらない。喜びが溢《あふ》れて張り裂けそうだ。愛しくて愛しくてたまらない人が、一緒に死ぬとまで言ってくれる。

幸福、歓喜、高揚、興奮、恍惚《こうこつ》、快楽、熱狂、好意、恋愛、情愛、性愛、溺愛《できあい》。

愛しい、愛しい、愛しい、愛しい、愛しい、愛しい、愛しい、愛しい。

全ての歓喜が混ざり合って、全ての感情が混ざり合って、あの春の太陽よりも眩しく輝く、闇のように深い感情へと溺《おぼ》れていく。

牙を剝いた口だけがついていた、里香の顔。その中心に、大きな瞳が開く。笑うように大きく口が裂け、里香の姿が、存在が変質する。

『ああああああ、憂太！　憂太ッあ！』

解放される。里香の全てが、解放される。

〝愛〟という名の、眩しい闇が、里香の中へと満ちていく。

ぶるぶると震えながら咆哮《ほうこう》を上げて、それでも留《とど》まることなどない。胸の奥から溢れる気持ちは、無限の如く湧いてくる。

魂を燃やすような愛の言葉を、絶叫せずにはいられない。

『大大大大大大大大大大大大大大大大大大大————大好きだよぉ！！！』

その一部始終を目の当たりにした夏油は、その行為の意味と、それを選択できる乙骨憂太という呪術師に、背筋が凍るほどに戦慄《せんりつ》した。

——自らを生贄《いけにえ》とした、呪力の制限解除！

「……そうくるか、女誑《おんなたら》しめ！」

「失礼だな——」

憂太は振り向き、夏油へと指を向ける。

ゆっくりと、狙いを定めるように。

「——純愛だよ」

「ならば、こちらは大義だ」

夏油が手をかざし〝うずまき〟を放つ。

それに向かって、里香が大きく口を開く。胸にありったけ満ち満ちた、破裂しそうなほどの愛おしさを、純粋な破壊の呪力へと変えて。

世界を壊すほどの愛の叫びを、業火と成して撃ち放つ。

ぶつかり合う、二者の呪力。轟音が風を割き、大地が爆ぜる。

衝突の余波は、天まで焦がす爆発となって——眩しい闇が、呪術高専を包んだ。


「——本当に、素晴らしいよ……」

呪術高専、敷地内。避難経路として使われる、狭く薄暗い通路の中。

憂太との激突の後、やや時が経ち、夏油の姿はそこにあった。

「……正に、世界を変える力だ。里香さえあれば、せこせこ呪いを集める必要もない」

里香の咆哮と、〝うずまき〟、そして玉藻前のぶつかり合い。

結論から言えば、夏油は敗北した。憂太と里香の生み出した、無限とも思しき呪力は、夏油の切り札とぶつかりあって尚、その勢いで夏油を焼いた。

直撃こそ避けたものの、夏油の右腕は痛々しく焼けている。逃走の足取りはおぼつかず、壁にもたれながら、なんとか足を引きずっている。

それでもまだ、夏油は生きている。

ならば、終わりではない。里香という力、夏油の求める革命の力は、確かにあった。それなら何度だって、やり直せばいい。

「……次だ。次こそ手に入れる！」

百鬼夜行と、憂太との闘い、夏油は集めていた呪霊を使い切った。

呪詛師たちの損害も、おそらく軽くはない。再び行動を起こすには、長い時が必要かもしれない。それでも夏油は、諦めない。諦めることなど、できるわけがない。

だからもう一度。次こそは万全の準備と戦略をもって、里香を手に入れる。夏油はその思いを胸に、傷ついた体を引きずっていく。

しかし、どうやら夏油の求める〝次〟は、もう訪れないらしい。

「……」

そこに現れた気配に気づくと、夏油は観念したように、腰を下ろした。

「……遅かったじゃないか、悟」

五条悟。

彼が目の前にいるということは、つまり――これで終わりだということだ。

いや、むしろそれ以外の終わり方は、夏油にとって無かったのだろう。ならば、いっそ清々《すがすが》しいくらいの諦観が、夏油の胸を慰める。

「……君で詰むとはな。私の家族達は、無事かい？」

「揃いも揃って逃げ果《おお》せたよ。京都の方も、オマエの指示だろ？」

「まぁね。君と違って私は優しいんだ。……あの二人を、私にやられる前提で送り込んだな？　乙骨の起爆剤として」

「そこは信用した。オマエの様な主義の人間は、若い術師を、理由もなく殺さないと」

「……クックックッ、信用か」

思わず、笑みが漏れた。

最強の呪術師と、最悪の呪詛師。今は相容《あいい》れることのない、絶対の仇敵《きゅうてき》。それでも、こんな呪術高専の通路で言葉を交わせば、どうしたって思い出してしまう。

在りし日の、笑いあえた記憶。

教室で他愛もない話をして、揃って夜蛾に説教をされて、二人、肩を並べて歩いたあの日々を。何をして、何が欲しくて、何を叶えたいのか、二人なら迷うことなんて何もなかった、輝いていたあの時を。

けれど、そんなものは全て過去だ。二人とも、あの時は想像もしなかった大人になってしまった。だから夏油は、自嘲するような笑みを浮かべる。

「……まだ、私にそんなものを残していたのか」

――まったく。

そんな台詞《せりふ》を吐かれては、微かに残っていた毒気も抜ける。なら、終わりゆく者はせめて、綺麗に終わらねばなるまい。

「コレ、返しといてくれ」

そう言って、夏油は五条へと、掌ほどのカードを投げ渡す。

それが憂太の学生証であることに気づくと、五条は目を見開いた。

「っ！　小学校もオマエの仕業だったのか」

「まぁね」

「呆《あき》れた奴だ……」

まるで、悪戯《いたずら》の種明かしをするみたいに笑う夏油に、五条はため息を吐《つ》く。

どんな顔をしたらいいのか、五条は分からなくなりそうだった。

言葉も、仕草も、悪い癖も、いちいち懐かしくて、嫌になる。十年近く久しい、二人きりの会話。それが呪いになる前に、五条は口を開く。

「……何か、言い残すことはあるか？」

「……誰がなんと言おうと、非術師《さるども》は嫌いだ。……でも別に、高専の連中まで憎かったわけじゃない。ただ――」

ただ、夏油はそうすることしかできなかった。

ある意味では憂太と同じだ。人間として、夏油は真面目にすぎた。そんな夏油に、呪術師という世界が見せる現実は、残酷すぎた。

「――この世界では、私は心の底から笑えなかった」

自分が自分を、生きてていいと思えるように。そのためには、夏油は歪んだ理想を追って生きるしかなかった。理想と現実の狭間《はざま》に生まれた呪いに、夏油は沈んでいた。

歪むことしかできなかった男の、擦り減り続けてしまった男の、そんな最後の告白。

その呪いを受け取ることができたのは、五条だけだった。

どこで間違えたのだろう。

どこからなら、やり直せたのだろう。

答えはもう、遠い遠い青春の中。だから今更考えたって、この話は終わってしまう。

けれど、一つ確かなことはある。

何もかも変わってしまっても、あのころから変わらないものがある。

五条は腰を下ろし、座り込んだ夏油と目線を合わせる。

「……傑」

「……？」

夏油傑。それは、呪術高専という組織にとっては忌むべき名前。

四人の特級術師が一人、百を超える一般人を呪殺し、呪術高専を追放された最悪の呪詛師。

そして、五条悟にとっては――。

「――――、――――」

「……はっ」

五条の口から聞こえて来た言葉に、夏油は思わず笑ってしまった。

そんな恥ずかしい台詞、学生のころだって言わなかったろうに。

「最期くらい、呪いの言葉を吐けよ」

２０１７年12月24日。

夏油という名の呪いは、確かに祓われた。


——憂太、憂太！

声が聞こえる。

まだ、ジンジンと残る、耳鳴りの向こう。

深い泥のように沈んだ意識の中から、自分の名を呼ぶ声に引っ張られて、憂太は静かに目蓋《まぶた》を開いていく。一瞬、夕日に眩しくぼやけた視界に、誰かの顔が見える。

眼鏡《めがね》がなくなっているけれど、その顔は、真希だ。

「——おい憂太！　大丈夫か!?」

その後ろで、心配そうに見つめているのは、棘。

「高菜！」

そして、いっそ人間より表情豊かに眉を顰める、パンダ。

「しっかりしろ、憂太！」

「……皆……」

「お、しっかりした」

視界が定まるにつれて、衝撃のせいで混濁していた記憶も、徐々に戻ってくる。夏油との大技のぶつかり合い、憂太はそこで起こった激しい爆発に巻き込まれて、それからの記憶がない。あれから、どれほど時間が経ったのか……。

やがて、思考がハッキリと定まっていく。

今見ているものが夢でないことに気づくと、憂太は慌てて跳び起きた。

「皆、怪我……真希さん、狗巻くん……あぁっ、パンダくん腕治ってない！」

「落ち着け。全員、今の憂太より元気だ」

「俺の腕は二人と違って、後でどうにでもなる。助けてくれてありがとうな」

「しゃけ」

安心させるよう、微笑《ほほえ》む学友たち。

三人の姿をじっと見て、どうやら本当に無事らしいことを確かめると、憂太はホッと胸を撫《な》でおろした。

「…………っ」

良かった。

本当に、良かった。

皆が無事だったのなら、憂太はもう、何も後悔なんてない。

もう、それ以上は何も要らない。

『憂太』

少し離れたところから、里香が憂太に呼び掛ける。

力の解放から、開いたままの里香の瞳が、じっと憂太を見つめている。しっかりと思考が戻った今、憂太はきちんと覚えている。

里香と交わした、最期の約束。

憂太はゆっくりと、立ち上がる。

「……ごめんね、里香ちゃん。待たせたね」

「どーした、憂太?」

歩き出す憂太に、パンダが尋ねる。憂太はギクりと肩を震わせる。

「……えーっと……」

そういえば、説明しなければならないわけだ。――けれど、皆には怒られそうだ。憂太は少し困った顔で振り向いて、口を開く。

「……力を貸してもらうかわりに、里香ちゃんと同じ所に逝く約束をですね……」

「はぁ!?」

当然、皆は驚愕する。

狼狽えた様子の真希が、叫ぶ。

「オマエ、それ死ぬってことじゃねーか！　何考えてんだ、バカ！」

確かにそうだ。真希が怒るのも、もっともだ。

もし憂太が逆の立場なら、きっと怒った。けれど、もう交わした約束。

憂太はずっとずっと、今日まで里香に力を貸してもらってきた。だからせめて、それくらいはしてあげたいと思う。

そもそも、今日に始まった話ではない。里香が死んだあの日から、ずっと決まっていたことをするだけだ。ずっとずっと、一緒にいる。ただ、それだけのことだ。

里香が今まで、助けてくれた。愛を捧げ続けてくれた。

憂太に返せるものは、これくらいしかない。

だから憂太の物語は、ここで終わったって良い。そう思っていたのだけれど——どうやらそう思っていたのは、憂太だけだったらしい。

突然、里香の体が崩れ落ちた。

「えっ——」

驚いて、目を見張る憂太たち。

塵になってほどけていく、里香という呪いの形。

それが風に舞って散った、その後に残ったもの。


「――里香ちゃん？」


特級過呪怨霊《かじゅおんりょう》、祈本里香……では、ない。

そこに居たのは、小さな少女。

さらさらの黒髪に、夏物のワンピース。美しく整った顔立ちと、口元に小さなほくろ。

それは憂太が知っている姿のままの、十一歳の少女である里香だった。

「おめでとう。解呪《かいじゅ》達成だね」

パチパチと、聴こえてくる拍手の音。

憂太たちがそちらに顔を向けると、青い瞳の男が立っていた。

「「誰？」」

「グットルッキングガイ五条悟先生ダヨ～」

――ええ……？　目隠し無いと分からない……。

と、こんな時に少々ユルい空気になってしまう生徒たちを眺めて、五条は目の前で起きたことの説明を始める。

「以前、憂太が立てた仮説。面白いと思ってね、家系の調査を依頼した」

以前の仮説。憂太は記憶をたどる。

思い至ったのは、病院で五条に話したこと。

――里香ちゃんが僕に呪いをかけたんじゃなくて、僕が里香ちゃんに呪いをかけたのかもしれません。

なぜ呪術師の家系でもない少女が、特級過呪怨霊と成り得たのか。呪術高専としてはそれが大きな疑問だった。

だから発想を変えたわけだ。

憂太の家系こそが、鍵なのではないかと。

「里香の方は随分昔に終了してたけど、憂太の方はザルもいいとこだったからね。それで判明したんだけど……君、菅原道真《すがわらのみちざね》の子孫だった。超遠縁だけど、僕の親戚！」

「「スガッ」」

にこにこダブルピースで明かす五条に、硬直する生徒たち。

憂太だけが、その名を聞いてもピンと来ていない。

「え、誰？」

「日本三大怨霊の一人」

「超大物呪術師だ」

「ツナ」

説明されてもキョトンとしたままの憂太だが、真希もパンダも棘も、驚くを通り越して少々ヒいている。

そして五条は、全てに納得したように頷いた。

「憂太が正しかった。里香が君に呪いをかけたんじゃない――」

菅原道真や、超大物呪術師の血筋。そういったことは憂太には分からない。

けれど、五条の調べたことで判明した事実。たった一つ、確かなこと。

全ての本当の原因がなんなのか、それだけは、憂太にも分かった。そして五条は、その結論を言葉にした。

「――君が、里香に呪いをかけたんだ」


今なら、鮮明に思い出せる。

里香が死んだあの日のこと。真っ赤に染まったアスファルトの舗装路。潰れた里香の頭。飛び散った血しぶき。里香との約束。

心臓の鼓動ばかり、やけに煩《うるさ》くて、慌てる人々の声がどこか、遠くに聴こえて。

あの時、憂太はただ、里香のことだけを考えていた。

――里香ちゃん！　どうしよう！　死んじゃうの!?

――助けなきゃ！

――死んじゃダメだ、死んじゃダメだ、死んじゃダメだ！

――〝死んじゃダメだ〟!!

極限の緊張、異常な集中。世界の全てを置き去りにするような、強い念。その時、確かに憂太は、心臓が強く跳ねる音を聴いた。


――そうだ。僕はあの時、里香ちゃんの死を拒んだ。

「呪いをかけた側が、主従制約を破棄したんだ。かけられた側が罰《ペナルティ》を望んでいないのであれば、解呪は完了だ」

そう言って、五条は青い視線を、里香へと向ける。

禍々《まがまが》しい呪力の塊ではなく、人の魂の形を取り戻した、里香を。

「ま……その姿を見れば、分かりきったことだよね」

五条の言葉。里香の姿。

それが示す事実は、里香の遺志。

里香には——憂太を道連れにする気なんて、最初からなかった。

それでも、里香は憂太を守り続けていた。

里香にあったのはただ、憂太の幸せを願う、純粋な愛だけだった。

そして憂太は、気づいてしまう。


「——全部、僕のせいじゃないか」

涙が溢れて、憂太の頬を伝う。

「……里香ちゃんをあんな姿にして、たくさんの人を傷つけて、僕が夏油に狙われたせいで、皆が死にかけた……」

呪われた青春も、人を避けざるを得なかった生活も、里香の力が呪術高専を悩ませたのも、夏油が百鬼夜行を起こしたことも、全てを辿《たど》れば、あの日に始まった。

今まで生きて来た人生の中、憂太が自分の境遇を呪わなかったと言えば嘘《うそ》になる。どうして自分ばかりが……そう苦しんだ日々だってあっただろう。

けれど、全てのきっかけは里香じゃない。

憂太が始めたことだった。

「……全部っ……全部僕が……！」

ぼろぼろと、涙が零《こぼ》れ落ちる。気づけなかった自分が情けなくて、里香に背負わせてしまったことが申し訳なくて、憂太は消えてしまいたくなる。

けれど里香は、そんな憂太を、小さな手で優しく抱きしめる。

『憂太、ありがとう』

その言葉に、憂太は涙に滲んだ目を開ける。ありがとうなんて、どうして言ってもらえるのか分からなくて、震えてしまう。

けれど里香は、そんな憂太が愛おしくてしょうがないから。

『時間もくれて。ずっと側《そば》においてくれて。里香はこの六年が、生きてる時より幸せだったよ』

里香の体が、だんだんと透き通っていく。

子供のころの記憶に焼き付いていた姿が、冬の夕日を浴びる雪のように溶けて、光の粒へと変わっていく。終わりの時間が、やってくる。

『……バイバイ。元気でね。あんまり早く、こっちにきちゃダメだよ？』

「……うん」

最期の最期まで、里香は憂太を愛していた。

魂の片割れのように愛していた人。本当に、死ぬほど大好きだった人。その、これから歩んでいく道の先に、きっと幸せがあってほしいと望むから。

里香の身に起きたことは、けっして特別なことじゃない。

誰にだって平等に訪れる〝死〟という結末。けれど里香は愛しい人を見つけられて、その傍で、今日この日まで傍にいられた。

真希も、パンダも、棘も、五条だっていつかは死ぬ。

憂太だって、いつかは死ぬ。それを急ぐことなんてない。もっと笑って、もっと経験して、もっと色々なものを見てほしい。里香は憂太にそう願う。

だっていつか訪れる終わりなら、正しく死んだその後に、きっとまた逢《あ》えるから。

そこから先は、ずっと一緒。約束はその後でも叶えられる。

だから、どうかそれまでは、愛しき人の死ぬまでに、多くの幸《さち》がありますように。

『またね』

光の粒となって、里香は逝った。

冬空へと帰っていく、雪のように。


百鬼夜行。

最悪の呪詛師、夏油傑の起こした事件は、夏油の死をもって終わった。

夏油の野望は阻止されたが、刻まれた傷跡は浅くはない。壊されたもの、帰ってこなかった人たち、流された涙は少なくない。

それでも、生きている者たちに明日はやってくる。呪術高専敷地内。

寮から校舎へと続く道。未だ戦いの傷跡が残る建物と、雪化粧した木々を望むその場所に、並んで歩く五条と、憂太の姿があった。

「今更だが、夏油の件、君に非はない。憂太がいなくてもアイツは必ず高専にきた」

「……ですかね」

五条の言葉に、曖昧に頷く憂太。

里香も、五条も、誰も憂太を責めはしない。けれどそこに原因を見《み》出《いだ》す人間がゼロではないことを、憂太は分かっている。憂太自身が、まだひっかかっているのだ。

全てが終わったとて、元通りになることはない。

自分の為したこと、自分の始めたこと、それで起こったこと。憂太はあれから時間をかけて、一つずつゆっくりと噛み締めている。

「それからコレ！」

そんな憂太に、五条はポケットから取り出した、ある物を差し出した。

それは憂太にとって、もう一年近く久しぶりに目にした物。

「あっ、学生証。先生が拾ってくれてたんだ」

「いや、僕じゃない」

憂太の言葉に、五条は首を振る。

「僕の親友だよ。たった一人のね」

そう語る五条の横顔は、どこか、何かを懐かしむように見えた。

憂太はその顔を不思議そうに見つめて、何かを言おうとして……その言葉を飲み込む代わり、胸に満ちた空気を吐いた。

ゆっくりと広がる吐息が、白く染まる。

「オラ憂太！　いつまで待たせんだ！」

道の先から、真希の声が聞こえる。顔を上げれば、皆が居る。

真希が居る。

パンダが居る。

棘が居る。

同じ学び舎で呪術を学ぶ、憂太の友達がそこに居る。

「行くぞ！」

そう呼びかける真希に頷いて、憂太は笑って駆けだしていく。

息をするたび、冬の匂いがする。

澄んだ風を吸い込んで、冷えた空気にしびれる鼻に、寒さにかじかむ指へ巡る血潮《ちしお》に、生きていることを感じる。

そう、憂太は生きている。

冷たい左手の薬指には、未だ輝く銀の指輪。

里香の呪いを解いたとしても、世界はちっとも楽じゃない。呪術師の世界は相変わらず歪で、陰謀は相変わらず巷《ちまた》に溢れ、今日も誰かが呪われている。夏油傑がいなくなったとしても、また誰かの魔の手が忍び寄り、呪いの影は這い寄るのだろう。こんな世界で生き続けることは、それだけで苦しみに満ちている。

乙骨憂太の青春は、今だってどうしようもなく呪われている。

けれど、里香は言ったのだ。「あんまり早くきちゃダメだよ」と。

生者が死者にできることは、けっして多くない。

ならばせめて、生きていく。生き続けて、あがき続けて、ついに命の尽きたその時は、沢山の思い出を手土産《てみやげ》に持って、この空の向こうで、もう一度——。

だからそれまで、今はまだ。

皆の待っているその場所で、呪術高専という学び舎で、友達と過ごすこの日々に、いくつもの輝く思い出を綴《つづ》って。

闇に寄り添うこの青春が、せめて眩しい闇であるように。

憂太はこれからも、生きていく。

エピローグ

2018年、夏。

ケニア共和国首都、ナイロビ。

立ち並ぶ高層ビル、入り組んだ街の道は、ところどころ、東京《とうきょう》の景色にも似ているだろうか。

行き交う人波は賑《にぎ》やかで、多くの言葉と情念が飛び交う大通り。

そこの屋台の一角に、テーブルにつく憂太《ゆうた》の姿があった。

テーブルの上には、赤を基調とした鮮やかな煮込み料理。ケニア風ビーフシチューと言えるその料理は、カランガ。薄く焼かれたナンのような小麦のパンは、チャパティ。どちらもケニアではありふれた、家庭の味というやつだ。

広げたチャパティの上に、スプーンで掬《すく》ったカランガをひと匙《さじ》載せて、くるくる巻くと食べやすくなる。ブリトーみたい、なんて思いながら口へ運ぶと、がぶり。

「あ、おいひい」

「ウマイダロ」

もぐもぐとチャパティを齧《かじ》る憂太の向かいに、景気よくビールを呷《あお》る男の姿があった。

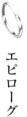

彼こそはミゲル。かつて夏油《げとう》一派として、新宿《しんじゅく》の百鬼夜行に参加したその呪詛師《じゅそし》は、なんの因果やら、現在は憂太と行動を共にしていた。

「〝ロコイ〟ッテ調味料ヲ使ッテテナ……ソレガ、イイ味ヲダシテル」

「へぇー」

「〝ロコイ〟ヲ入レレバ、ナンデモケニア味ニナル。魔法ノ粉ダ」

——なるほど、日本での醤油《しょうゆ》とか、味噌《みそ》みたいなものかな。

なんて思いながら、憂太は〝ロコイ〟の味を確かめるべく、しっかりとカランガを噛《か》みしめて味わう。どの風味が〝ロコイ〟なのかは、ちょっと分からない。

そんな憂太を見ながら、ミゲルはグラスに注がれたケニアビールを呷りつつ、喋《しゃべ》りかける。

「……ソレヨリ、〝ヤツ〟ハ本当ニ帰ッタンダナ?」

「うん」

「ナライイ」

憂太が頷《うなず》くと、ミゲルは安心してビールを楽しむ。憂太も、もぐもぐとカランガ入りのチャパティを噛みしめる。遠い国なのに、どこか懐かしい味。

「これほんとにおいしいね。肉じゃがみたい」

「肉ジャガ? ……ビーフシチュート言エ、ビーフシチュート」

苦笑しながらビールを流し込むミゲルだが、そう機嫌は悪くもない。

最初は〝あの男〟に子守りを押し付けられて困ったが、憂太は素直だし、夏油が居なくなって、目的もなくなったところだ。そんな中、ほどよく退屈しない生活自体は、まあミゲルにとっても、悪いという程ではなかった。

そう、〝あの男〟さえ居なければ、大きく困ることもないし、いちいち怯《おび》えることもないのだ。〝あの男〟さえ――。

「ッ！」

「……？　どうしたの？」

「ナンデ……オ前ガ、ココニ？」

噂《うわさ》をすれば影、という言葉もある。

ミゲルの視線の先に、彼は居た。あの事件の後、乙骨《おっこつ》憂太をミゲルに押し付け、逆らうことを許さなかった男。

百鬼夜行の最中《さなか》、何度も何度もミゲルに死の恐怖を味わわせ、後にも先にもあんな苦労はしたことない、という経験をさせた男。

――帰ッタッテ言ッタダロウガ！

「え？」

ミゲルの視線を追って、憂太も振り向く。そこに見知った顔がいた。

「あれ？　先生……」

——確かに帰ったはずなのに。

そう驚く憂太に向けて、男はサングラス越しに微笑《ほほえ》みながら、手を挙げた。

「や、久しぶり」

五条悟《ごじょうさとる》。

日本へと帰ったはずの彼が、再び憂太の前に現れた。その理由が判明するのは、もう少しだけ後のこと。

そして物語は、より大きな騒動の渦中へ。

新たな呪術を廻《めぐ》る戦いへと、続いていく。

■初出：劇場版 呪術廻戦 0 ノベライズ　書き下ろし
この作品は、2021年12月公開の映画
「劇場版 呪術廻戦 0」（脚本：瀬古浩司）をノベライズしたものです。

劇場版 呪術廻戦 0 ノベライズ

2021年12月29日　第1刷発行

原　作：芥見下々
小　説：北國ばらっど
脚　本：瀬古浩司

装　丁／石野竜生（Freiheit）
編集協力／中本良之・株式会社ナート
編 集 人／千葉佳余
発 行 者／瓶子吉久
発 行 所／株式会社 集英社
〒101−8050 東京都千代田区一ツ橋2−5−10
03−3230−6297（編集部）
電話 03−3230−6080（読者係）
03−3230−6393（販売部・書店専用）

印 刷 所／凸版印刷株式会社
Printed in Japan

©2021 G.AKUTAMI/B.KITAGUNI/H.SEKO
© 2021「劇場版 呪術廻戦 0」製作委員会
©芥見下々／集英社
ISBN978-4-08-703519-3 C0293
検印廃止

造本には十分注意しておりますが、印刷・製本など製造上の不備がありましたら、お手数ですが小社「読者係」までご連絡ください。古書店、フリマアプリ、オークションサイト等で入手されたものは対応いたしかねますのでご了承ください。なお、本書の一部あるいは全部を無断で複写・複製することは、法律で認められた場合を除き、著作権の侵害となります。また、業者など、読者本人以外による本書のデジタル化は、いかなる場合でも一切認められませんのでご注意ください。

JUMP j BOOKS：http://j-books.shueisha.co.jp/

j BOOKSの最新情報はこちらから！